PABLO POVEDA

Una Mentira Letal

Una novela del detective Javier Maldonado

Pablo Poveda Books

First published by Pablo Poveda Books 2021

Copyright © 2021 by Pablo Poveda

All rights reserved. No part of this publication may be reproduced, stored or transmitted in any form or by any means, electronic, mechanical, photocopying, recording, scanning, or otherwise without written permission from the publisher. It is illegal to copy this book, post it to a website, or distribute it by any other means without permission.

First edition

ISBN: 9798703211458

Proofreading by Ana Vacarasu
Cover art by Pedro Tarancón

This book was professionally typeset on Reedsy.
Find out more at reedsy.com

A Ana, por confiar en mí una vez más, a Santiago Gómez, el auténtico castizo, y a ti que me lees, por hacerlo posible.

Enero 2021, Chamberí, Madrid.

1

Lunes.
Día 1.

Ser el mejor puede ser una convicción, pero no te garantiza nada en esta vida.

Él era el más sobresaliente de su equipo. No tardaron en echarlo del Cuerpo de Policía Nacional cuando encontraron la posibilidad de hacerlo.

Desde entonces caminaba por un sendero confuso y sin horizonte.

Cruzó bajo el sombrío rótulo de un ultramarinos de legalidad dudosa, una de esas tiendas que se podían encontrar en cada esquina, en cada calle, en cada barrio de Madrid y todas ellas con el mismo decorado.

Saludó al tendero de origen chino y caminó hacia el interior del establecimiento en busca de los dulces. Estaba hambriento, dormía fatal desde hacía semanas y ni siquiera el Atlético de Madrid le daba una alegría. Era como vivir en una broma de mal gusto.

Con la mirada del asiático clavada en su nuca, dirigió la vista hacia la nevera que guardaba los embutidos y los quesos.

—¿Le puedo *ayudal*? —preguntó el tendero, sin moverse del

mostrador.

Él levantó la cabeza y la giró con sutileza.

—No, no lo creo… Mis problemas no se solucionan con una elección.

El hombre, confundido, bajó la guardia sin comprender lo que pretendía decir.

No era una cuestión sobre qué desayunar, sino si podía permitirse aquel capricho. Comer o beber para empezar el día. O una u otra, pero no las dos opciones juntas. En los últimos meses, la vida le estaba dando una patada bien fuerte en el trasero.

Con la mano sobre el cristal de la cámara refrigeradora que lo separaba de los envasados de jamón serrano, dudoso, cambió de parecer cuando advirtió la llegada de un segundo cliente.

—Buenos días —dijo el tendero, pero no recibió respuesta.

«Será desgraciado…», pensó con desprecio y notó algo extraño en la actitud de aquel tipo.

Un vistazo rápido fue suficiente para entender que su decisión debía esperar.

Antes de que notara su presencia, se echó a un lado para ocultarse tras el estante de hierro donde se almacenaban los lácteos. El tendero no se anticipó al susto que estaba a punto de recibir. O quizá sí, pensó, porque su rostro era más complicado de leer que un texto en sánscrito.

«Tenías que venir aquí a tocarme los cojones…».

Se arrastró hasta la sombra que lo separaba de la claridad de la calle. Luego dio un vistazo a su alrededor, buscando sin éxito un objeto contundente con el que defenderse. Volvió a mirar al tipo por el hueco que dejaban los cartones de leche y estudió sus rasgos. Tenía el clásico perfil del drogadicto

1

primerizo. Aún fuerte, aunque ya desesperado. Su rostro no parecía una calavera e iba vestido de manera casual, algo sucio, pero a la moda, y más por la zona en la que se encontraba. Las ojeras y la ansiedad que provocaban la abstinencia eran notables en un cuerpo que comenzaba a apoderarse de sus acciones.

Primero cerró la puerta del local. Después colgó el cartel de CERRADO y, cuando el propietario quiso darse cuenta, el cañón de la Beretta de nueve milímetros apuntaba a su pecho.

—No te pases un pelo de listo y mete la pasta en una bolsa.

—*No-no-no dispale...* —comentó, escondiendo la cabeza y levantando las manos. La presencia del arma era superior a su valentía.

—¡Venga, hostias! No tengo toda la mañana... —insistió, sujetando la pistola con dificultad. Desde la retaguardia, se fijó en sus movimientos. Los temblores eran visibles y eso lo hacía peligroso—. ¡Saca el puto dinero de la caja!

En silencio, aguardó unos segundos que parecieron eternos. Por suerte, el trabajador estaba ocupado por salvar su vida y se había olvidado que él seguía allí dentro. Estudió al chico una vez más.

Respiró profundamente.

Uno.
Dos.
Recuperó la claridad mental.

En apenas segundos, sospechó que llevaba el arma de un Guardia Civil y, por su pelaje, lo más probable era que se la hubiese robado a su padre. Si disparaba, los problemas tomarían un efecto dominó. Y qué culpa tenía el guardia de que su hijo fuera un desgraciado, pensó. Y es que lo era para cometer un atraco así, a primera hora de la mañana, en una de las calles más transitadas del centro de la ciudad, a plena luz del día y sin apenas haber facturación.

La sangre le hervía, pero no era momento de ponerse reflexivo. Tampoco podía perder los estribos. No allí dentro.

Encontró el reflejo de su cara en una lata de aluminio.

Los ojos marrones como las bellotas, profundos y afilados. El cabello liso y oscuro, manchado de canas y perfectamente despeinado. La mandíbula pronunciada, cargada de tensión y rabia. Una barba oscura, corta y áspera com el papel de lija.

Recorrió el pasillo hasta el final y agarró una lata de tomate en conserva con la mano diestra. El asiático metía el poco dinero que guardaba en una bolsa de plástico verde.

—Es todo lo que tengo —dijo el hombre, asustado.

—¿Esto? —preguntó el caco, indignado, tensando la mandíbula y levantando la voz—. ¿Y lo de ayer?

—No está. Yo sólo trabajo.

Le había salido mal. Su primer saqueo, su primer fracaso.

—Me cago en tus muertos, chino de…

El atracador no terminó la frase cuando la lata de tomate le golpeó en la nuca, reventando el cilindro y manchándolo todo de salsa. Se escuchó un estrépito. El cuerpo se derrumbó contra el estante metálico y los tarros de encurtidos se rompieron en las baldosas.

Rápido, le arrebató el arma al atracador, tiró el cargador al suelo y le golpeó varias veces con la culata en la cara.

—¡Ah! ¡Ah! ¡Para! ¡Por favor! —exclamó éste, como respuesta a la zurra, indefenso y protegiéndose el rostro con los brazos—. ¡Te lo suplico!

Pero nada le libró de una segunda sacudida.

1

Lo agarró de la cazadora y le propinó hasta tres horribles puñetazos que fueron directos al tabique nasal. El primero rompió algo allí dentro. El segundo le destrozó un cartílago. El tercero lo noqueó. Estaba fuera de sí.

El cuerpo del drogadicto dejó de resistirse, pero él continuó con los nudillos manchados, poseído por la misma furia que lo había expulsado del Cuerpo.

Con los ojos inyectados en sangre y a escasos centímetros del suelo, notó la mirada pavorosa del asiático por encima del mostrador.

Soltó la solapa de la cazadora de cuero del maleante y lo dejó en el suelo inconsciente, hecho un cuadro.

Respiró hondo, tenía la boca reseca y el control de vuelta.

«Lárgate de aquí cuanto antes».

Recogió la pistola y el cargador y los dejó junto al mostrador.

—Perdón por el desastre —comentó, sacando un pañuelo del bolsillo para limpiarse los nudillos. Tragó saliva y recuperó el aliento—. Llama a la policía, entrégales el arma y di que te enfrentaste a él con las manos.

El hombre seguía sobrecogido por la actuación.

—*Pelo*...

—Di que ha sido en defensa propia. Todos los chinos sabéis *kung-fu*, ¿no? —cuestionó con sarcasmo. El hombre se rio. No era cierto, aunque la policía tampoco creería la verdad sobre lo ocurrido. Luego se acercó a la nevera de la entrada, agarró un emparedado envasado y señaló a la balda de botellas que había a espaldas del trabajador—. Y una de whisky DYC, por favor.

—*Clalo*... —dijo y la puso sobre el mostrador.

Él dejó el último billete de diez euros que guardaba en el bolsillo del pantalón.

—¿Cuánto es todo?

El tendero negó con la cabeza.

—Es un *legalo*.

—Gracias, pero no... —respondió, apartó el billete, guardó el sándwich envasado en el bolsillo de su Barbour de color verde aceituna y agarró la botella—. No me gustan los regalos, ni tampoco las sorpresas. Es tu negocio y tu dinero. Llama a la policía antes de que despierte... si es que lo consigue.

* * *

El aire gélido del invierno madrileño le azotó en el rostro en cuanto abandonó la tienda. Comprobó la hora y vio que aquel viejo reloj de pulsera se había vuelto a atrasar.

«Maldita sea...», se lamentó y le dio varios toques a la esfera de cristal con el dedo.

El reloj estaba tan averiado como él.

Era consciente de que debía repararlo en algún momento, pero siempre lo aplazaba con una excusa. Llevaba seis meses así, dando problemas, funcionando mal.

El mismo periodo transcurrido desde la noche que lo cambió todo.

En el fondo era un recordatorio para pagar su penitencia.

«Al carajo...».

La cuesta que iba de la calle de los Reyes hasta San Bernardo parecía la subida al Everest.

Sacó un paquete aplastado de tabaco *light* del bolsillo interior y cerró la cremallera de la cazadora. Después soltó un soplido, helado por la temperatura.

1

El atracador sobreviviría, caviló, aunque ni la cirugía lo salvaría de quedarse con un par de cicatrices para el recuerdo.

De nuevo se le había ido la mano con el correctivo.

Encendió el cigarrillo, dio una larga calada y exhaló el humo formando una nube densa delante de su cara. Un mendigo con una bufanda del Atlético de Madrid lo miró con recelo. En su reclamo escrito a mano y con mala letra, pedía limosna para comer, pero los ojos del vagabundo comunicaban algo distinto.

Lo miró. El errante no se atrevió a decirle nada.

Sin pensarlo, se acercó a él y le ofreció la botella entera. Los ojos del hombre se abrieron con brillo.

—Caliéntate un poco, amigo. Dicen que es el abrigo de los pobres.

—Gracias, compadre —contestó el tipo de la calle—. Que Dios te lo compense.

—Ese siempre es el último que paga.

Tomó San Bernardo y giró hacia la derecha en dirección a la Gran Vía, donde se ubicaba la oficina.

El centro de Madrid despertaba un día más con sus contrastes de gente recorriendo las calles con prisa, con su idiosincrasia donde todos tenían su silla hasta que la perdían. Un Madrid efervescente, salvaje y con una actitud única, diferente a la de otros distritos. Un lugar en el que los sueños, para muchos parecían hacerse realidad y para el resto sólo eran el comienzo de una larga pesadilla. Y puede que por esa razón él decidiera abrir un despacho en el corazón de tanta esperanza ajena, porque la suya ya estaba perdida.

Por las escaleras de la boca del metro de Noviciado entraban como roedores los jóvenes que acudían a la universidad.

Al pasar por delante de la puerta del Ministerio de Justicia, vio a dos policías vestidos de uniforme, custodiando la entrada. Los trajes nunca le habían gustado, al menos, en su oficio, aunque hubo una época en la que no tuvo más opción que ponérselos. Ver a los excompañeros, ya fuera de guardia, rondando por las aceras o descansando en un bar, lo arrastraba por los recuerdos de sus días boyantes.

Pero atrás quedaba todo aquello, se repetía.

Uno.
Dos.
Y exhaló hasta vaciar los pulmones.

A lo lejos avistó la muchedumbre de la Gran Vía, moviéndose como un enjambre de abejas en sendas direcciones. Antes de llegar a la esquina que unía San Bernardo con aquel infierno de tiendas, luces y baldosas, alzó la cabeza y vislumbró un cartel azul con las letras en blanco, en la cuarta planta del último edificio.

MALDONADO DETECTIVES, decía el rótulo.

Sonaba bien, pensó, aunque le sobraba una letra.

Allí, sabuesos sólo había uno.

Y ese uno era él.

2

El edificio número trece de la calle de San Bernardo era un bloque peculiar. En él albergaba un hostal, una casa de citas y un montón de turistas extranjeros que alquilaban apartamentos por días, sin saber muy bien quién de ellos iba a qué y por cuánto tiempo.

Sin duda, pensó que era el lugar perfecto para abrir su agencia.

Varios meses después de salir del Cuerpo, alquiló uno de los apartamentos de la cuarta plana, dejándose los pocos ahorros que guardaba, en un minúsculo espacio exterior de dos habitaciones que funcionaba como oficina. Sabía que la localización era importante y que la única manera de que llegaran los clientes era manteniéndose visible en el corazón de la gran ciudad.

Salió del ascensor y abrió la puerta.

Un empalagoso perfume de mujer lo embriagó.

Marla, su secretaria, había llegado antes que él al trabajo, lo cual no le sorprendió. La joven de veinticinco años, un *rara avis* en toda regla, levantó la vista por encima de las monturas cuando lo vio llegar. Estaba sentada junto al escritorio en el que trabajaba, una austera mesa de IKEA con un ordenador portátil, una vieja radio con antena y una lámpara verde que había conseguido en el Rastro.

Al verla, se alegró de haberse deshecho de la botella.

—Javier, te ha llamado dos veces el inspector Berlanga. Dice que tiene algo importante que contarte.

Marla tenía una voz dulce, pero él no estaba para hablar con nadie.

Maldonado soltó un ligero gruñido, se quitó el abrigo y lo dejó sobre un falso sofá Chesterfield de color granate. Sacó el emparedado aplastado del bolsillo del abrigo y lo dejó en la mesa.

—Gracias, pero no tengo hambre.

—La mañana es muy larga. Esa dieta te va a matar.

Ella evitó la pregunta con sutileza.

—Tu amigo parecía insistente. Deberías devolverle la llamada.

En silencio, caminó hacia la ventana y observó el esplendor de la calle, el cielo gris de la mañana, el tráfico congestionado de las primeras horas y el rótulo verde de El Corte Inglés de Callao. Una sirena de la policía atravesaba San Bernardo.

Comprobó la hora. Eran las diez.

—Si tanto interés tiene, telefoneará otra vez —dijo y se dirigió hacia la puerta contigua—. Desde que me fui, Berlanga se aburre en el trabajo.

—¿Por qué será?

—Pregúntaselo a él la próxima vez.

Ella se burló, repitiendo la frase con un tono infantil.

Porque Marla conocía la historia de su pasado, pero sólo la versión que él le había contado.

—¿Todo bien? —preguntó y observó un jarrón transparente con un ramo de rosas marchitas—. ¿Ha dejado ese novio de mandarte flores?

2

—¡Por favor, Javier! Hablas como mi padre. ¿Cuántos años tienes? ¿Doscientos?

—Los suficientes como para saber que no te gusta.

Ella frunció el ceño.

—No es mi novio y sólo lo ha hecho una vez. Es un buen chico.

—Razón suficiente para entender que no es tu tipo.

—¿Y cuál es mi tipo de hombre?

—No lo sé. Te digo lo que veo, soy detective, pero no me meto en tu vida. Deberías salir con alguien que te anime, ya sabes a lo que me refiero, aunque no es nada que no sepas.

—Gracias por la consideración. No eres el más indicado para dar consejos sentimentales.

—En eso te doy la razón —dijo y giró el pomo de la puerta—. Pásame las llamadas que merezcan la pena.

Cerró, vislumbró el ejemplar de El País que había sobre su escritorio y volvió a mirar hacia la calle.

«Pobre Marla. Tan joven, tan bonita, tan lista y con ese cabello dorado de ángel, capaz de hacerle perder el sentido a cualquiera… y echándose a perder como las flores del jarrón». Desconocía las razones que llevaban a una chica de veinticinco años como ella, a trabajar en un lugar como aquel, con un desastre de hombre como él.

Marla había llegado a través del anuncio que puso en el periódico.

Era una estudiante en prácticas de Criminología. Sus estudios poco tenían que ver con el trabajo de detective, pero Maldonado no pudo rechazar la oferta de tener una empleada sin coste alguno. Aunque el trabajo que podía ofrecerle era escaso, su compañía hacía que los días fueran menos largos para los dos. Cuando los ingresos crecieran, le pondría una nómina.

Con el ordenador apagado, se recostó en la silla de oficina y abrió las primeras páginas del diario. Leer el periódico era una de sus rutinas matinales. No se consideraba un lector asiduo y tampoco le interesaban las noticias que no fueran de sucesos. De hecho, leía bien poco, exceptuando las novelas policiacas baratas de bolsillo que compraba en la Cuesta de Moyano, cuando podía permitirse ciertos caprichos.

Buscó entre las páginas y tanteó los titulares.

El teléfono volvió a sonar al otro lado de la pared.

—Sí, está aquí, un momento —dijo la voz de la chica y el aparato de su mesa timbró. Respiró hondo antes de atender al pesado de su excompañero y descolgó.

—¡Demonios, son las diez! Ni siquiera me he tomado el primer café… ¿A qué viene tanta urgencia?

—¿Señor Maldonado? —preguntó una voz ronca, seria y distante. No era Berlanga, ni por asomo—. ¿Hablo con el detective Maldonado?

Tragó saliva con dificultad.

—Sí, soy yo —contestó. Aún no se acostumbraba a su nueva profesión—. Disculpe, lo he confundido con otra persona. Comencemos de nuevo, ¿con quién tengo el gusto de hablar?

La voz meditó sus palabras.

—Un buen amigo suyo, el inspector Berlanga, me ha recomendado sus servicios. Dice que es el mejor en su área.

—Podría empezar diciéndome su nombre. Me gusta saber con quién trato.

La respuesta fue cortante, quizá demasiado para el gusto del hombre que hablaba al otro lado.

Era su segundo cliente en tres meses y le costaba adaptarse al trato servicial.

2

—Entiendo. No se anda con rodeos, ni siquiera con sus clientes… Mi nombre es Rafael y me gustaría encargarle un asunto privado.

—¿De qué se trata? ¿Cómo de privado?

—Muy privado. ¿Podríamos reunirnos? Prefiero hablarlo en persona.

Por un momento, vaciló en señalarle que no existía mejor lugar que su despacho, pero no podía despacharlo tan rápido.

Si Berlanga tenía tanto interés, creyó que quizá tuviera un motivo.

Con el teléfono pegado a la oreja, anotó la dirección, volvió a contemplar el silencio de la habitación y decidió que no perdía nada por intentarlo.

3

Se bajó en la estación de metro de Gregorio Marañón, la más conveniente para llegar a su encuentro. El denso tráfico de José Abascal se atascaba en pleno paseo de la Castellana. Conocía la zona, aunque no listaba entre sus favoritas. Por allí, los ejecutivos de las oficinas caminaban vestidos de traje, absortos en sus pantallas móviles, hablando sin parar y con paso ligero. El barrio de Chamberí tenía otro color muy diferente al del centro, distinto en toda su tonalidad.

Cruzó la calle de Miguel Ángel fijándose en las cafeterías coquetas que reinaban los bajos de los edificios, embelesado en la calma con la que los clientes disfrutaban del primer desayuno de la mañana cuando se acercaba el mediodía. No sintió envidia ni devoción, pues cada persona era dueña de sus decisiones en la vida y víctima de su origen, sin importar el lugar al que perteneciera. En todas partes cuecen habas, comentó en silencio, y nadie estaba exento de librar su lucha con las adversidades de su propio entorno.

Cuando llegó a la glorieta que conectaba con el puente de Juan Bravo, tomó la cuesta que lo llevaba hasta la cafetería donde el misterioso cliente en potencia lo había citado.

Vislumbró una terraza repleta de personas entradas ya en la recta final de su vida. El rótulo de neón, todavía apagado, lucía el nombre de Richelieu. Un lugar histórico y con elegancia que sobrevivía a las modas y por el que había pasado lo mejor y lo peor del país.

El primer detalle que llamó su atención fue la galantería de unos camareros uniformados como antaño, atentos a cada brisa y a cada gesto que hacían sus clientes. La anticipación tenía un precio, se dijo, y aquel lugar no era uno de los más baratos de la ciudad.

El segundo detalle fue la presencia de un limpiabotas, un espécimen casi extinto en la sociedad moderna.

El dueño de los zapatos relucientes alzó la vista y estableció contacto con él, levantando el índice de la mano derecha.

—¿Maldonado? —preguntó, sin alzar la voz en exceso.

El detective meditó su movimiento durante un segundo y accedió. No podía ser otra persona. Después, con una mueca, el desconocido despachó al limpiabotas y éste desapareció del escenario como si formara parte de un truco de magia.

—Supongo que usted es Rafael —dijo él, acomodándose en la silla. Uno de los camareros se acercó de inmediato. Maldonado se fijó en el vermú que su cita tomaba y, aunque ganas por sumarse no le faltaron, optó por un café bien cargado—. Un lugar muy íntimo para hablar de asuntos privados.

—Espero que no le haya molestado que sea aquí nuestro encuentro y no en su oficina —remarcó—. Habría tardado horas en llegar a la Gran Vía.

«Menos lobos, amigo».

Por la forma de hablar, lo había imaginado de otra manera: más entrado en canas, con sobrepeso y luciendo un permanente semblante amargado. Prejuicios del oficio, al fin y al cabo. Pero la realidad era que el tal Rafael tenía un aspecto impecable, vestido con una chaqueta de *tweed*, unos pantalones de traje y una camisa que no permitía la presencia de arrugas.

Todo lo contrario a la facha que presentaba el exinspector.

—Soy ojos y oídos, aunque le advierto que me gusta ir al grano, por lo que puede ahorrarse los rodeos. Mi tiempo es dinero y últimamente no tengo mucho de ninguno de los dos.

El hombre sonrió y el café aterrizó en la mesa. Los ojos cristalinos del cincuentón que tenía enfrente analizaban sus gestos.

—Le hacía más…

—¿Viejo?

—Veterano —concluyó y chasqueó la lengua—. Mi nombre es Rafael Quintero. El inspector Berlanga es un buen amigo del colegio. Pregúntele por nuestra infancia. Él también se crió aquí, en Chamberí.

Y aunque era un dato que desconocía, a Maldonado no le extrañó desde que vio a su excompañero fumando en pipa durante su primera guardia. Por desgracia, el porte de Berlanga hacía tiempo que había dejado de tener gracia.

—¿Qué es lo que necesita, señor Quintero? Supongo que está al tanto de mis servicios.

—¿Cuántos años tiene? ¿Cuarenta y cinco?

—Soy yo el que hace las preguntas, si no le importa. Cuarenta y dos.

El hombre sonrió.

—Sé de buena tinta que es era el mejor en su sección, un as encontrando a personas desaparecidas… Me sorprende que dejara el Cuerpo, aunque entiendo que el Estado no les paga lo suficiente por desempeñar un trabajo tan exigente. ¿Cuál fue la razón?

«No me busque las cosquillas tan pronto».

—Usted lo ha dicho. Algunos se hartan de que no les tomen en serio y otros... no. ¿Va a decirme qué desea? ¿O debo adivinar sus intenciones?

Maldonado dio un sorbo al café. El interlocutor miró a su alrededor y se acercó unos centímetros a la mesa.

—Se nota que ha sido un buen policía. Los ojos no mienten. Lo que voy a pedirle no le costará mucho trabajo.

—Soy un detective privado —señaló—, y entiendo que conoce mi oficio. Es decir, no llevo arma, ni participo en venganzas personales. Investigo, tomo notas, informo y tengo una cláusula muy particular... No colaboro con la policía.

—¿Y qué insinúa con eso?

—Que si ellos están metidos en la investigación, me aparto y les dejo que hagan su labor. Así de simple. Nada más.

—Comprendo... —respondió, giró la cabeza hacia el camarero y movió los dedos para que trajera otra ronda. Después inclinó la barbilla—. No, no tiene que ver con nada de eso. Esto es, ¿cómo decirlo? Necesito información sensible y privada.

—Sensible y privado son mis otros apellidos.

—Verá, sospecho que mi esposa me es infiel con otro hombre. Necesito encontrar pruebas que lo justifiquen.

—¿Por qué no se lo pregunta a ella? Es la vía más dolorosa, aunque también la más rápida.

El hombre levantó una ceja con desdén. Metió la mano en el interior de la chaqueta y sacó una cajetilla de puros finos. Después se encendió uno.

—No me tome por ingenuo, Maldonado —respondió, exhaló una densa nube de humo y dio un sorbo al recién servido vermú—. Sé de sobra que me pone los cuernos. Lo que quiero saber es con quién y tener un documento gráfico que me sirva como prueba legal. Soy consciente de que busca el divorcio y de que está pidiendo ayuda para sacarme hasta el último céntimo. No quiero que eso suceda.

—¿Y ella? ¿Tienes razones para dejarlo sin blanca?

—Digamos que varias. Del amor al odio hay un paso y cuando se odia, existen muchos argumentos para desangrar al oponente. En mi caso, supondría el reparto del negocio familiar, una empresa por la que he trabajado como un esclavo y a la que no estoy dispuesto a renunciar, sin mencionar a los dos hijos que tenemos. Lo va entendiendo, ¿verdad?

—Veo que usted también tiene sus motivos, pero no entraré en profundidad —dijo y miró el poso del café en el interior de la taza—. Puedo vigilar a su esposa, verificar si lo que dice es cierto y aportar la documentación que necesite.

—Hablamos de fotografías, Maldonado.

—Sí, lo he captado a la primera. Fotos comprometidas y comprometedoras, si es lo que quiere oír de mi boca.

Su respuesta relajó el cuerpo del cincuentón, que parecía estar complacido por la actitud del detective.

—Perfecto. En ese caso…

—Mi tarifa son ochenta euros por hora trabajada, gastos de transporte y comidas incluidas, más los costes extra que sean necesarios para solicitar información a terceros. En su caso, dudo que me lleve más de tres días concluir mi trabajo. Puede hacer las cuentas que crea conveniente.

—El dinero no es un problema —señaló—, al menos, el que voy a invertir en usted, si logra conseguir lo que le pido y me ahorra otra suma mayor. Le daré cien por cada hora de su tiempo.

—Confía usted mucho en mi reputación.

—Confío demasiado en que mi mujer no se lo pondrá fácil.

Es más inteligente de lo que parece.

—No puedo opinar. Ni siquiera la conozco.

—Créame, ya lo hará —dijo, sin desviar la mirada, sacó una fina billetera y puso tres billetes verdes sobre la mesa de imitación al mármol—. Trescientos euros como adelanto por su confianza y disposición.

Los ojos del exinspector se clavaron en el dinero.

No era su forma de proceder, sin facturas ni contratos. No había montado la agencia para dejarse tratar como el chico de los recados. Ante la insistencia del empresario, Maldonado recogió los billetes con una incomodidad palpable y los guardó en el bolsillo del abrigo.

—Trabajo con factura. Los incluiré en ella.

—Como le plazca —dijo y comprobó la hora en su Rolex dorado—. Ahora, póngase en marcha y tráigame esas fotos lo antes posible. Su secretaria tiene mi número de teléfono y la información que necesita. No me decepcione, tengo fe en usted.

—La fe sólo le sirve a los creyentes. Yo no soy un profeta y tampoco hago milagros —dijo y se levantó de la silla—. Gracias por el café, señor Quintero. Le mantendré informado.

Cuando el sabueso decidió tomar el camino de vuelta, el empresario alzó la voz.

—Haga el favor, Maldonado —exclamó—. Deje el metro y páguese un taxi, o no llegará a su oficina hasta la tarde.

Irritado, el detective se giró.

—¿Quién le ha dicho que he venido en metro?

—Los ojos no mienten, y su trasnochado aspecto tampoco.

4

«Un historial impecable, veinte detenciones y un golpe de mala suerte... para acabar haciéndole fotos a una madura dándose un beso de tornillo con su amante, tienes que fastidiarte, Javier».

Reflexionó acerca de la oferta, mientras recorría Alberto Aguilera con un taxi.

Dinero fácil y rápido. Calculó que no le supondría más de dos días.

No le entusiasmaba demasiado el acuerdo, pero sabía a lo que se exponía cuando abrió la agencia.

Sopesó la decisión en su justa medida y comprendió que el éxito de su trabajo podría acrecentar su fama entre los cornudos adinerados del Barrio de Salamanca.

Pidió al taxista que lo dejara en la plaza de España, pagó la carrera y subió a pie la Gran Vía en dirección a la oficina. A la altura de un bar con el escaparate lleno de jamones, el teléfono móvil vibró en el interior de su abrigo.

Comprobó la pantalla, era Berlanga.

—Tres llamadas en la misma mañana, ¿has perdido algo o estás matando moscas en la oficina?

—Te noto de buen humor, Maldonado —respondió la voz de su amigo—. Imagino que ya te has reunido con Rafael

Quintero.

—Siempre has tenido un don para la clarividencia.

—Podrías invitarme a comer, me lo debes. Con lo que vas a cobrar, limpiarás las telarañas de tu despacho.

—No voy a discutir por eso —dijo y sintió un fuerte rugido en el estómago. Llevaba más de doce horas sin pegar bocado, pero el emparedado del ultramarinos tendría que esperar—. Tú ganas. Supongo que todo tiene un precio.

Al fin y al cabo, Berlanga era uno de esos costes extra necesarios para comenzar su investigación.

* * *

Maldonado llegó el primero a La Bola, un restaurante castizo con tradición y especialidad en el cocido madrileño y en los callos. Nada más abrir la puerta de madera roja, el olor a cocido le dio de bruces, como si habitara allí. Los casi ciento cincuenta años de pucheros eran notables en las paredes del interior del local.

En los días tan fríos como aquel, el sabueso sólo pensaba en los platos calientes. Puntual para el turno de la una de la tarde, tuvo la suerte de que una de las reservas se había cancelado.

El camarero lo acompañó hasta una mesa de madera que había junto a la ventana del comedor, rodeada de fotografías enmarcadas con rostros de famosos como el de Camilo José Cela, Rafael Nadal y otras personalidades de la farándula patria. El restaurante mantenía el aspecto antiguo de las tabernas madrileñas, con sus baldosas marrones, las paredes de madera, los azulejos de color verde aceituna, el mobiliario rústico y las mesas con mantel de tela blanca. Un restaurante céntrico que, con el paso de los años se había transformado en un local turístico, en una parada obligatoria de quienes venían de fuera, sobre todo si lo hacían desde muy lejos.

Pero a Maldonado no le importaba que los comensales de la otra mesa hablaran el mismo idioma que el tendero al que había salvado la vida.

Los camareros trajeados a la antigua usanza, como si trabajaran en cafés parisinos, servían los platos de sopa y las jarras calientes de barro con cocido en el interior.

Mientras esperó a su acompañante, pidió un doble de cerveza que le sirvieron junto a unos encurtidos, y llamó al despacho.

—¿Cómo ha ido la reunión con ese hombre? —preguntó Marla, con mucho interés—. ¿Tenemos un nuevo cliente?

—Ya sabes que sí. No te hagas la sorprendida —respondió él y notó cómo ella se reía—. Necesito que encuentres todo lo que puedas sobre Quintero, sus negocios y su familia. Pasaré más tarde por allí. Ahora tengo una reunión.

—Perfecto.

—¿Ha llamado alguien durante mi ausencia?

—No, y no he salido de la oficina.

—Mejor así... La falta de noticias, son buenas noticias —respondió con un poso de amargura que fingió ocultar con su humor—. Te veré en un rato.

Una reunión sonaba demasiado profesional para lo que era aquello. Le extrañó que Cecilia no hubiese telefoneado. Las cosas no iban del todo bien en su relación, si es que podía calificarla de esa manera.

Para ella, el trabajo como detective era un paso atrás en su historial. Le reprochaba que no hubiese luchado lo suficiente por su posición en el Cuerpo. Pero Cecilia no conocía los hechos que forzaron su salida. Y él no estaba dispuesto a contárselos.

Cinco minutos después de la llamada, el inspector Berlanga apareció por la puerta del restaurante.

—Dichosos los ojos que te ven —comentó, aproximándose a la mesa.

Maldonado tenía las manos cruzadas y los codos apoyados sobre el mantel.

—Hay cosas más hermosas para la vista —respondió sin demasiado entusiasmo—. Llegas tarde, como sueles hacer.

El policía comprobó la hora.

—Estás fatal. Tu exceso de puntualidad hará que te quedes solo y sin amigos.

—Tú eres el único que tengo, Miguel. Anda, siéntate y vamos a comer, antes de que mate a alguien...

—Ni que estuvieras pasando la Cuaresma.

—La Cuaresma es para aficionados.

El camarero se acercó y les tomó nota de la comida. Pidieron un cocido para los dos y una botella de tinto, aunque Berlanga tuviera ganas de meterse un plato de callos en el estómago. Como era de esperar, el inspector tenía mejor aspecto que él, peinado hacia un lado, con el cabello negro y brillante a causa del gel fijador.

Las monturas de pasta le hacían los ojos redondos, dándole ese aire intelectual del que siempre alardeaba. Maldonado decía que, si hubiera podido elegir, el inspector habría nacido en Escocia y no en Chamberí. Puede que, durante unos años y gracias a que su padre era un alto cargo militar, coqueteara con las diversiones de las amistades de su barrio, pero Berlanga no podía engañarle. No era un intelectual ni por asomo. Detestaba estudiar. Compartían aficiones como su devoción por Andrés Calamaro y Los Rodríguez, el Atlético de Madrid de Antic, pese al buen hacer de Simeone, y los caracoles con chorizo y jamón de los domingos en la plaza de Cascorro, después de pegar una vuelta por El Rastro. Le gustaban las mismas novelas que a él, los westerns de Marcial Lafuente Estefanía y las policiacas amarillentas con papel de pulpa. Entre los párrafos de pólvora, humo y burdeles, encontraban toda la filosofía que necesitaban en sus vidas.

Desde su marcha, había abandonado la calle para regresar al papeleo de la oficina. Ahora que iba a ser padre primerizo, las guardias, las persecuciones por Carabanchel y los interrogatorios en Tetuán a altas horas de la madrugada, eran cosa del anecdotario que años más tarde contaría a su hijo con épica.

Todo llegará, decía a menudo, y llegó antes de lo pronosticado.

Berlanga, con una actitud jovial, esperó a que el camarero sirviera el vino en las dos copas. Después agarró la suya y la alzó para brindar.

Maldonado no le acompañó.

—Venga, joder, no seas tan rancio.

—Ni siquiera has mencionado el motivo. Y no me digas que *por el recuerdo y por el olvido…*

—¿Estás tonto? Ni que me invitaras a comer todos los días. Vamos, levanta la copa.

El compañero la alzó.

—¿Entonces?

—Por nosotros, maldita sea —respondió—. Porque voy a tener un chiquillo y porque te vas a convertir en el detective más respetado de esta ciudad.

Maldonado resopló, pero cedió ante la misericordia de su amigo. Después de todo, él le había conseguido el trabajo.

4

Tragó saliva y guardó silencio, siguiéndole el juego, deseando que callara y que les sirvieran la sopa, porque una vez con el estómago caliente, lo abordaría con tantas preguntas sobre Quintero y su mujer que se le atragantarían las piparras.

5

El arma de distracción para un policía era un buen plato de comida.

Maldonado lo sabía bien.

El exceso de horas muertas, de cafés de máquina, de pepitos de ternera en las barras de los bares de barrio y de almuerzos improvisados en el interior del Zeta, enseñaban a valorar el arte de sentarse a la mesa, de disfrutar de una digestión pausada, en compañía. Llegados a un punto de sus carreras, resultaba imposible percibir aquello, saber dónde se estaba, sin tener la atención puesta en la radio por si llegaba algún aviso.

Unos decían que eran gajes del oficio.
Otros lo llamaban secuelas.

Tras retirar la sopa, sirvieron los fideos, los garbanzos, la col hervida y el resto de la carne cocida que se amontonaba en platos contundentes.

—Después de esto, voy a necesitar bicarbonato —comentó Berlanga, rompiendo el silencio que se formaba cada poco tiempo—. La edad no perdona.

—Ni las malas costumbres... ¿Cómo de bien conoces a

Quintero? —preguntó el detective.

—Ya te lo he dicho, fuimos compañeros de colegio.

—No me refiero a eso —respondió. El inspector dio un respingo—. El dinero, los problemas matrimoniales, sus negocios... Ese tipo parecía conocer más más de mí que yo de él. ¿Te has ido de la lengua?

—Lo justo y necesario. Quintero es un pesado, ya te habrás dado cuenta, pero es buen tipo.

—Cinco minutos me han bastado para ello.

—Nadie es perfecto, compañero.

—¿Y su mujer? ¿Qué hay de ella?

El inspector se encogió de hombros y se metió un pedazo de morcilla en la boca.

—La he visto sólo una vez —explicó, aún masticando el embutido—. Una señora de buen ver para su edad, como muchas del barrio. Desconozco a lo que se dedica, pero es probable que no trabaje en exceso. Los negocios de Quintero dan para mantener a varias familias. La buena vida y el tiempo libre te permiten eso.

—¿Y los hijos?

—Sé que tiene dos, mayores de edad, pero no los he conocido en persona. Nuestra relación se ha diluido con el paso del tiempo.

—Él no parecía pensar lo mismo. ¿Qué intenciones crees que tiene para contratar a un detective? Esta gente puede permitirse un buen abogado que le solucione los problemas maritales. Según he entendido, es una cuestión puramente económica.

El policía dio un trago a la copa, levantó las cejas y se aclaró la garganta para dar su opinión.

—No lo sé, Javier. Supongo que lo querrá utilizar como

chantaje.

—¿A su esposa? Lo dudo.

—Con los hijos, tal vez.

—¿Por qué le has hablado de mí?

—Porque eres bueno en tu trabajo.

—No necesita a un expolicía para poner en orden sus cuentas. Cuéntame la verdad, Miguel.

—Diablos, Javier, baja la guardia, ¿quieres? —preguntó, molesto—. Se supone que es a lo que te dedicas ahora. Me pidió ayuda y se la di. ¿Qué tiene de malo?

—Nada.

—Además, nos está abonando la comida.

—Esta comida la puede pagar cualquiera.

—¿Por qué estás a la defensiva? Recuerda que soy yo quien te ha hecho el favor. Si no lo quieres, le recomendaré a otra persona.

—Ese es el problema, no la guita. El dinero me va bien, pero lo que me molesta es tu condescendencia.

—Mira, haz lo que te da la gana —dijo el inspector, bajando la vista hacia el plato y llenando la cuchara de caldo—. Sólo pretendía ayudarte.

La actitud de su amigo lo irritaba. Maldonado cerró el puño izquierdo, sobre la mesa. El inspector se fijó en cómo le temblaba la mano.

—No te he pedido ayuda, Miguel. Ni cuando me fui, ni cuando abrí el despacho.

Los ojos del policía se clavaron en los nudillos todavía hinchados por la sacudida. Dejó la cuchara en el interior del plato y miró a su amigo.

—¿Qué te ha pasado en los dedos?

—Nada, un accidente doméstico.

Relajó la mano y la escondió bajo el mantel.

—Verás, Javier, no quiero que te lo tomes a mal...

—Es eso, ¿verdad?

—Lo siento, de veras. No estuve a la altura —respondió, limpiándose la comisura de los labios con la servilleta de tela blanca. Su rostro se encogió y las arrugas marcaron su frente—. Debí de haberte apoyado cuando fueron a por ti, pero temí que me salpicara a mí también. Lucía estaba embarazada, no quería que me abrieran una investigación y que me congelaran el salario. Ya sabes cómo son los de Asuntos Internos. Primero te atizan y luego te piden perdón.

—Tienes que sacarte esa mierda de la cabeza —dijo. El policía lo miró desconcertado—. Hiciste lo más oportuno para ti en ese momento. Cometí un error y pagué por ello. Punto. Pasa página. No te juzgo ni te culpo, pero tampoco quiero que me trates el resto de tu vida como si fuera un perro que no puede andar.

—Mira, yo...

—No me arrepiento ni un segundo de haberle hundido la cara a ese malnacido. Lo volvería a hacer encantado. Un depredador sexual no merece menos... Si hay algo que me fastidia, es que el miserable de Ledrado se llevara todos los méritos.

—Lo han ascendido jefe de sección.

—Es lo que buscaba, ¿no? Ocupar mi puesto. Pues ya lo tiene.

—¿Cómo estás tan seguro de ello? Todavía no se ha aclarado ese asunto.

«Lo sé. Hay cosas que se saben sin más».

El encuentro terminó.

Una vez descubiertas las razones por las que el compañero

recomendó sus servicios, tomó la decisión de aceptar el trabajo.

No era lo más íntegro, pero sí lo más práctico. Se daría otra oportunidad con ese dinero.

Llegaron los cafés, evitaron los postres y culminaron con un chupito de orujo de hierbas que les sentó como un balazo en el pecho. Maldonado pagó la cuenta antes de que los bostezos se acomodaran a la mesa y después abandonaron el restaurante.

A la salida, buscó su cajetilla blanca y sacó un cigarro.

El cielo seguía nublado. Los rayos del sol no se abrían hueco en la helada tarde de enero. En unas horas, todo se volvería oscuro, pensó el detective, a la vez que soñaba con que Marla se hubiera marchado de la oficina para pegarse una buena siesta en el falso sillón Chesterfield.

—¿Todavía fumas? —preguntó el inspector.

Las chispas saltaron del mechero, sin lograr encender una llama.

Formando un vacío con las manos, Maldonado buscó la manera de prender el cigarrillo.

—Hablas como si no me vieras desde hace años. Te recuerdo que llevo seis meses fuera. Seis. Lo raro sería que no lo hiciera. Nada cambia.

—Al revés. Todo se altera y se consume como el cigarrillo que sujetas, pero tú no te das cuenta.

La llama prendió.

Uno.
Dos.
Por fin.

Dio una fuerte calada y liberó el humo.

5

—Dime una cosa, Miguel, con honestidad.
—¿Sí?
—Después de todo lo que has visto en los últimos años, ¿crees que las personas también se transforman?

El compañero lo miró a un metro de distancia, buscando en sus ojos el verdadero motivo de la cuestión.

No encontró nada.

El iris de Maldonado era un agujero negro en el espacio.

—Por supuesto, aunque no siempre lo hacen para bien.

6

Tomaron la calle de la Bola, atravesando el viejo Madrid, y se despidieron con un apretón de manos a la altura de la calle de Leganitos, donde estaba la comisaría del centro de la ciudad.

Maldonado siguió su camino, pensativo, luchando contra la somnolencia provocada por el vino mientras pensaba en cuál sería el próximo movimiento.

«Si cree que me siento en deuda con él, la lleva clara», se dijo, giró la cabeza por última vez y vio, a lo lejos, la gabardina azul marino de su compañero.

La plaza de Santo Domingo era un hervidero de transeúntes. Las terrazas hacían frente al invierno. Platos de paella, calamares y bocadillos en una esquina. Combinados de whisky, ron y ginebra en otra. Entre medias, un grupo de jóvenes abandonaba el interior de una franquicia canadiense.

Antes de regresar a la oficina, hizo un alto en la cafetería Oskar y se tomó un segundo café para despejar la cabeza. Lamentó que su compañero no le contara demasiado sobre los Quintero, aunque no esperaba más de él. Tan sólo deseó que Marla hubiera encontrado algo más interesante. En cualquier caso, no tenía por lo que preocuparse. Si la esposa de Quintero encajaba en el perfil que había descrito, sería cuestión de días encontrarla en algún club de yoga o de pilates, o en uno de esos cafés bonitos donde las cervezas valían diez euros.

Salió del bar y continuó su camino pensando en las tareas pendientes. Cuando pasó por la puerta del teatro Arlequín, comprobó la pantalla del teléfono en busca de registros ausentes.

Ni un mensaje, ni tampoco una llamada.

Cecilia no daba señales de vida.

Vaciló en marcar su número, pero el orujo se adelantó como una respuesta divina, asestándole un latigazo en la boca del estómago.

Suspiró.

Sacó otro cigarrillo para fumárselo antes de entrar en el edificio.

«Si sigues así, no verás al *Atleti* ganando una Champions».

El viento de la Gran Vía movió su cabello en dirección a Callao. De las señales de advertencia meteorológicas también se aprendía. La corriente se volvió tan molesta, que decidió guardarse el cigarrillo para otra ocasión.

* * *

Antes de introducir la llave en la cerradura, pegó la oreja a la puerta. Comprobó si la secretaria se había marchado. Era un ejercicio que practicaba en ocasiones, sobre todo si no quería que la aprendiz lo encontrara en condiciones indecorosas. Pero Marla no era estúpida y tenía más ingenio como detective que el propio Maldonado.

Escuchó la música de la radio y sospechó que la siesta tendría que hacerla en su despacho.

Sin esperarlo, sintió cómo la puerta caía hacia dentro y también el peso de su cuerpo.

—¡Ay! —exclamó, intentando mantener el equilibrio.

Marla sujetó la puerta.

—¿Puedes dejar de hacer eso? No es propio de un adulto.

—Qué susto me has dado, ¡por Dios, Marla! —reprochó acalorado, a causa del estupor de la digestión y el sonrojo de la vergüenza—. ¿Qué hacías observándome por la puerta? No te pago para eso.

—Javier, no me pagas, en general.

La secretaria se rio y regresó a su escritorio. El sobresalto provocó que la somnolencia se esfumara de su cuerpo.

Sobre la mesa de trabajo había documentos impresos, algunas fotografías en blanco y negro y varias facturas de un hotel. Maldonado se acercó a las instantáneas y acarició el rostro de una mujer de papel con la yema del dedo.

—Es ella, ¿verdad?

Marla comprobó la imagen y afirmó con la cabeza.

—¿Es reciente? —cuestionó él, estudiando su mirada. La chica asintió de nuevo—. Vaya, es hermosa. El cliente tenía razón.

—¿Por qué sois tan fáciles de engañar?

El detective se dirigió a la joven con desconcierto.

—No sé, consúltaselo al que te regala las flores.

—¡Javier!

—Ahí tienes tu respuesta, ¿para qué me preguntas?

—Es diferente.

—No, es lo mismo. Todos nos engañamos de alguna manera.

—Si tú lo dices, Casanova…

—Me identifico más con Bogart. ¿Qué te ha facilitado ese hombre?

—Una factura de una noche de hotel, la presunta rutina diaria de su mujer y las fotografías que ves. No existen perfiles en las redes sociales de la señora ni tampoco hay rastro en la Red. Al menos, es un punto de partida. ¿Tú has conseguido algo más?

—¿Sinceramente? No. Berlanga no ha soltado prenda —comprobó la hora en el viejo reloj de pulsera y revisó que se había retrasado de nuevo—. Maldita sea, tengo que arreglar esto en cuanto pueda... En fin, es tarde.

—Son las seis.

—Una hora horrible para jugar al gato y al ratón. Mañana nos pondremos con ello. Puedes irte a casa, ya has hecho suficiente por hoy —dijo, sacó la billetera y lanzó un billete de cien euros sobre el teclado del ordenador—. Diviértete, sal con tus amigos, haz lo que te dé la gana con ello. Es tuyo.

—No pienso aceptarlo, Javier. Ya sabes que hago esto porque quiero.

—Cógelo, no seas boba. Es nuestro día de suerte, paga el cliente.

Ella suspiró y aceptó los honorarios.

—¿Has hablado con Cecilia?

—Es lo que iba a hacer ahora —dijo y clavó sus ojos en la chica—. Marla, ¿crees que las personas pueden cambiar?

—¿Es una pregunta trampa?

—No, es una cuestión sincera.

Ella movió los ojos en círculos.

Hablar con el detective era como solucionar un cubo de Rubik por primera vez.

—Quiero creer que es posible. ¿Te sirve como respuesta?

—La verdad es que no.

—¿Qué sucede? ¿Hay algo de tu vida que te incomoda?

—Supongo que sí.

—Ahí tienes tu respuesta —dijo ella, utilizando las palabras del detective.

Maldonado giró los ojos hacia la papelera que había junto al escritorio. Por el borde sobresalía el envase vacío de plástico del emparedado aplastado.

—Tienes razón… —respondió y se acarició los labios, pensativo—. Hay días en los que estaría mejor callado. Llámame si hay algo… y pásatelo bien, Marla.

—Suerte con tus quehaceres.

—Gracias, la necesitaré.

7

La fina lluvia de la tarde se mezclaba con la oscuridad al otro lado de la terraza del Café de Oriente. Al fondo, Maldonado observaba la imponente estampa de los jardines y del Palacio Real. En la calle afloraban los primeros paraguas. Con el segundo sorbo de café, oyó el taconeo de unos zapatos que se acercaban por su espalda.

—Disculpa la tardanza —comentó Cecilia, ataviada con su abrigo de color crema y con el pelo enmarañado por la humedad del ambiente. Él la contempló y se fijó en que seguía igual de hermosa, a pesar de la lluvia. Algunos pensarían que era mucha mujer para él, con esos ojos oscuros, esa melena lisa al estilo Cleopatra que le llegaba a la mandíbula y esas piernas de infarto que no pasaban desapercibidas. Pero él no lo creía así. Nadie ponía una pistola a la otra persona para estar juntos—, hoy hemos tenido un día de perros en la oficina.

Ella se inclinó y le besó en la mejilla, sabiéndole a poco. Fue uno de esos besos fríos, sin sentimiento, como el tacto de una hoja de papel.

La mujer se sentó frente a él y pidió una manzanilla para entrar en calor.

—No pasa nada.

La tensión entre los dos era tan obvia, que el camarero se

limitó a servir la infusión y desaparecer de allí antes de que le alcanzara un rayo.

—¿Qué tal todo? Pareces cansado.

«Ya sabes que vivo cansado. ¿Qué clase de pregunta es esa?».

—Tengo un nuevo cliente.

—Por lo menos, una buena noticia... —dijo y retiró la bolsita de papel de la taza—. Tranquilo, no te voy a preguntar nada. Sé que no puedes hablar de tu trabajo.

—Es una tarea fácil. El clásico asunto de infidelidades. Me va a pagar bien. Las cosas van a cambiar, Cecilia.

Ella sonrió con tristeza y él se dio cuenta de ello.

—Me alegro, Javier.

—Te lo digo en serio.

—¿Y cómo ha dado contigo?

—Berlanga.

—Vaya, tu amigo del alma... Aún se acuerda de ti.

—Ya lo hemos hablado mil veces. Guárdate el sarcasmo, querida.

El rostro de Cecilia parecía un jarrón de porcelana antes de caer al suelo. Suspiró profundamente, procurando que él no lo notara y dio un sorbo a la infusión. Pero su corazón ardiente respondió por ella.

—¿Hacia dónde nos dirigimos, Javier?

Estupefacto, arqueó una ceja.

—Se supone que he tenido un buen día.

Ella negó con la cabeza hasta tres veces. Su silencio era un soliloquio.

Se rascó la nuca en un acto inconsciente, a la par que buscaba las palabras adecuadas para no herir al detective, pero ya era tarde. Maldonado comenzaba a manifestar su inquietud moviendo el pie derecho en círculos por debajo de la mesa.

—¿Es que no lo ves? —cuestionó, llena de angustia e incomprensión, mirando hacia otro lado—. Este trabajo tuyo... No sé, no encuentro el horizonte en él, ni tampoco en ti. Desde que decidiste abandonar la policía, no eres el mismo. Tú también lo sabes.

«No salí, me obligaron a hacerlo».

—¿A qué diablos viene todo esto ahora?

—Es lo que siento, Javier. Tengo la impresión de que tiraste la toalla demasiado pronto. Tus razones tendrías y asumo que no quieras compartirlas conmigo, pero este nuevo camino como detective, no sé, no lo veo.

—No tienes que ver nada. Es mi trabajo, paga las facturas, hago lo que se me da bien y soy mi propio jefe. ¿Te avergüenzas de salir con un detective?

Indefensa, alargó su mano y acarició los gélidos dedos de su pareja.

—Tienes razón, perdóname, no quería ofenderte.

—Descuida. No lo has hecho —contestó sombrío y advirtió que el viento resultaba molesto a pesar de las estufas que rodeaban las mesas—. Pediré la cuenta antes de que te congeles.

—Será lo mejor.

El camarero trajo el tique y Maldonado dejó unas monedas de más sobre la bandeja metálica.

—¿Por qué no vienes a cenar a casa? Hace tiempo que no pasamos la noche juntos.

—No me encuentro muy bien, Javier. Este frío me sienta fatal. Mejor otro día.

—Como quieras.

Los dos caminaron hacia los taxis que esperaban en la parada que había a escasos metros del café.

El detective le abrió la puerta trasera para que ella subiera y le entregó un billete de diez euros al conductor. Después agarró por la cintura a la mujer para despedirse. Sus ojos se encontraron a escasos centímetros. El corazón le latía con fuerza. Él sintió el impulso de besarla, pero Cecilia no parecía estar por la labor de corresponderle.

—¿Está todo bien?

Ella fingió una sonrisa.

—Sí, claro —contestó y le regaló un tímido beso en los labios para que se despreocupara, acompañado de una caricia en la cara—. Descansa. Hablamos estos días.

La puerta se cerró, el taxi salió por el empedrado de adoquines y giró en dirección a la Ópera. Después desapareció de su vista.

Bajo la lluvia, caminó encogido hacia la Plaza de España, reflexionando sobre su encuentro con Cecilia. ¿Estaba todo perdido?, se preguntó varias veces. No poseía una respuesta clara, aunque la cita no había ido como él esperaba en un principio. Tenía ganas de verla. De hecho, anhelaba su cariño, el calor de los cuerpos bajo el edredón de invierno, pero esa noche no volvería a disfrutar del tacto de su piel. No esperaba un golpe tan bajo por su parte.

Las palabras envenenadas de Cecilia se mezclaron con la razón, y se cuestionó si realmente merecía la pena convertirse en detective.

Bajó por la cuesta de San Vicente hasta llegar al número diecinueve de la calle de la Ilustración. La vía estaba desierta, oscura y silenciosa. En la esquina, los últimos parroquianos agotaban la noche en el interior de la Taberna del Príncipe. Las luces de la vieja estación del Norte alumbraban el cielo.

Empujó el basto portón de hierro, subió por las escaleras

hasta la primera planta y abrió la puerta de su domicilio. Entre tinieblas, buscó el interruptor de la entrada y lo accionó varias veces, arriba y abajo, hasta que se percató de que no era un problema de la bombilla.

—Lo que me faltaba... —gruñó.

No le quedaba opción.

Quizá Cecilia tuviera razón y su vida estuviera sufriendo las consecuencias de no haber luchado lo suficiente por quedarse en el Cuerpo, pero lamerse las heridas no era su fuerte.

Al carajo el pasado, pensó.

Le habían cortado el suministro de luz.

«Y ahora, ¿qué, Maldonado?».

Aceptar ese trabajo. No tenía otra salida.

8

Martes.
Día 2.

El timbrazo del teléfono fijo lo despertó de un sueño profundo. Desconocía cuántas horas había dormido, estaba medio vestido, sin vaqueros y le dolían las articulaciones como si hubiera pasado el día anterior en un cuadrilátero. Aturdido, abrió los ojos y notó la claridad de la mañana colándose por la ventana del salón.

«Ya se cansará».

El aparato siguió sonando.

Inclinó la cabeza sobre la almohada y miró hacia el infinito, deseando que la insufrible melodía cesara.

«Vamos, detente, llama más tarde».

Pero el timbre continuaba.

Harto, puso los pies en el frío suelo y los arrastró hacia el mueble del salón.

—¿Sí? —preguntó con un tono hostil.

—¿Por qué apagas el móvil? —preguntó Marla, ansiosa.

Él dio un barrido con la mirada a su alrededor en busca del aparato, sin localizar su ubicación. En un acto de sensatez y responsabilidad, comprobó la hora en el reloj de pulsera, pero

8

las agujas no se movían.

—¿Qué hora es?

—Son las diez, Javier.

—¿Y qué ocurre para que haya tanta prisa?

—Es Rafael Quintero —dijo. Un escalofrío recorrió su espina dorsal—. Está aquí en tu despacho.

«Diablos… Espero que no haya cambiado de parecer».

—Dile que lo llamaré más tarde. Estoy solucionando unos asuntos.

—Estabas dormido. Lo puedo notar en tu voz.

—Marla…

—No. Tienes que venir. Es urgente.

—¿Del uno al diez, Marla?

—Ha desaparecido su hija.

9

Una desaparición, en un periodo menor de veinticuatro horas, era una exageración.

Se tomó la licencia de comprar un café de medio litro en el Starbucks que había debajo del edificio. Cuatro euros por un maldito café, dijo, esperando que el desembolso le ayudara a espabilar.

La puerta del despacho de Maldonado estaba abierta y Marla aguardaba impaciente en su escritorio. De espaldas, Rafael Quintero mostraba un aspecto impecable. Llevaba un abrigo de paño negro y contemplaba las vistas de la Gran Vía con absoluto silencio. No hacía falta tener habilidades especiales para notar que la preocupación era palpable en su postura.

Los pasos del detective advirtieron al cliente de su presencia, pero éste no se inmutó y siguió contemplando la panorámica.

—Bonitas vistas —dijo el hombre—. Con lo que cobra, no me extraña que pueda permitirse el lujo de tener la oficina en este rincón de la ciudad.

Maldonado abrió un cajón de su escritorio y sacó una botella de Magno que estaba a medias. Destapó el vaso de cartón y roció un chorro de coñac en el café.

Quintero se giró y observó la jugada.

—¿Quiere? Es para paliar el frío. El radiador no funciona

El cliente negó con la cabeza.

—Mi hija ha desaparecido.

El primer trago de café aliñado le sentó como una bomba de calor en la garganta. Sabía que el segundo entraría mejor.

—¿Está seguro de lo que dice?

—No del todo.

—Entonces, su hija puede estar en cualquier parte. ¿Cuántos años tiene?

—Veinticinco… Bueno, veinticuatro. Los veinticinco los cumplirá la semana que viene —explicó—. Andrea es una buena chica. Vive con nosotros y siempre nos avisa cuando duerme fuera de casa.

—Puede que se haya quedado sin batería, o que esté sufriendo la resaca de la noche de ayer. ¿Nunca ha sido joven?

—Lo que dice es un despropósito.

El teléfono del despacho sonó durante un segundo. Los ojos de ambos se fijaron en él. La llamada se cortó.

—¿Cuándo fue la última vez que la vio?

—Ayer por la tarde. Algunas horas después de nuestro encuentro.

—Ni siquiera ha pasado un día.

—¿Importa eso?

—Depende de para quién. Para usted, ya veo que no. ¿Le contó cuáles eran sus planes?

—No.

—¿De qué hablaron, entonces? —preguntó. Quintero dio un brusco giro y le clavó una mirada que hacía tiempo que no veía. Era el momento de relajarse—. Está bien, comprendo su preocupación. Intento ponerme en sus zapatos.

—Las hormas de mis zapatos no están hechas para usted,

detective —respondió y caminó en paralelo a la ventana—. Tuvimos una discusión, ya me entiende. Es joven y quiere comerse el mundo, pero su padre no es un cheque en blanco y Andrea ha salido un poco a su madre. Tal vez parezca un hombre severo, pero no lo soy. Mi hija debe aprender a valorar lo que tiene y a comprender que todo esfuerzo guarda su recompensa.

«No culpes a tu señora de tus errores, Onassis».

Maldonado pegó un segundo trago al café, ahora más frío. El golpe le subió la temperatura corporal.

—¿Cómo de severo fue el correctivo?

El rostro del cliente se encogió.

—¿De qué lado está?

—Las preguntas son parte de mi trabajo. Intento ayudarle, señor Quintero —explicó, con el vaso de cartón aún en la mano—. Sólo en Madrid, hay casi cuatrocientas denuncias activas por desaparición. En su situación, su hija es mayor de edad y tiene el derecho de no regresar al domicilio si así lo prefiere... No digo que sea el caso, ni por asomo, pero le advierto que no podrá arrastrarla a su residencia si ella no lo desea.

—No doy crédito a lo que dice. ¿Y qué sugiere?

—Antes de poner una denuncia, debería esperar, llamar a sus amistades, intentar averiguar dónde se encuentra. Usted la conoce mejor que yo. Es su hija.

—Me niego a hacer eso. La policía me dirá lo mismo. Se supone que le pago por su ayuda.

—Debo de haberme perdido algo. Creí que me contrató para espiar a su mujer.

Quintero apoyó los brazos en el escritorio del detective y lo encaró como si fuera un toro bravo.

—La situación ha cambiado. Doblaré sus honorarios. Ayúdeme a encontrarla. Mejor dicho, quiero que la encuentre.

Maldonado sintió una punzada en el pecho. Nunca soportó la insistencia de nadie. Entraba en terreno pantanoso.

—Se lo advertí ayer —respondió, dejando el vaso sobre la mesa—, no me meto en asuntos relacionados con la policía. Si realmente ha desaparecido, quedará en manos de quien lo investigue… aunque lo más posible es que sea un susto, una travesura de veinteañera. Seguro que tiene algún ligue.

—No. Su novio tampoco estuvo con ella.

—Puede que también tenga un amante.

—No me fastidie, por el amor de Dios… —lamentó con decepción—. ¿Va a permitir que me ahogue en la angustia hasta que dé señales de vida?

—Es demasiado pronto para hacer un drama.

—Pensé que usted era el mejor en su campo.

—Lo era. Ya me ha oído. Es mi cláusula.

Quintero dio un respingo, se echó hacia atrás e irguió la espalda, estirando el cuello. Cruzó los brazos, alzó los talones y contempló al detective con altivez.

El contraluz del exterior formaba una silueta sórdida en el despacho.

—¿No piensa hacer nada al respecto?

Sus palabras avivaron los nervios del expolicía. Retomó el café, dio un trago en busca del coñac y lo ingirió con dificultad.

—Siga con su vida. Seguro que aparecerá.

—Me sorprende su actitud. No está en condiciones de rechazar más encargos.

Maldonado sintió una presión en la caja torácica. El bombeo de sangre encogió sus manos. Un calor inesperado le inundó el pecho.

«Contrólate, cretino, te está provocando», se dijo, haciendo un esfuerzo por no estrujar el vaso delante de aquel hombre.

—Se equivoca de persona, señor Quintero. Dejemos la conversación, si no quiere generar un malentendido que lamentará. Haga lo que le he recomendado y tómese una tila antes de perder los nervios. Le vendrá bien. Y si tanta prisa tiene, acuda a la maldita comisaría.

El pecho del empresario se infló como un colchón hinchable.

—Su actitud me resulta insultante. ¿No escucha lo que digo?

—Y veo. Y no me gusta cómo se está poniendo.

—Soy un padre preocupado por su hija. ¿Qué no entiende?

Uno.
Dos.
Un pinchazo en el pecho.
Otro sorbo al café.

—Lo comprendo todo, pero esta no es la forma de proceder. Cálmese un poco, no se lo repetiré.

—Le pagaré más.

—Tampoco es una cuestión de dinero.

—No sea ingenuo. He hecho mis deberes y estoy al corriente de su situación económica y personal. Nos necesitamos el uno al otro.

«Será cabrón...», pensó, maldiciendo a su compañero.

—Escuche atento, yo no necesito a nadie.

Otro latido así de fuerte y el café volaría por los aires.

O quizá ese hombre caería en picado desde lo alto hasta el pavimento de la Gran Vía.

Todo era probable, tan posible e inesperado que el gélido frío de la calle se coló por los bajos de la puerta del despacho, provocando una pausa más que necesaria entre los dos.

De repente, un rostro conocido, una sorpresa innecesaria.

Cuando los dos hombres voltearon la cara, sospecharon que la visita no traía nada bueno.

10

Un disparo.

Un desplante.

El comienzo de una pesadilla.

Apoyado en la barra del bar Padrao, no muy lejos del despacho, Berlanga no parecía haber perdido el apetito tras la noticia. A los dos les gustaba el sitio, no porque fuera un gallego, ni porque sus precios no hicieran justicia al buen trato y la exuberante cantidad de comida que servían. Les gustaba porque era un bar de policías. Y eso quedaba claro en el póster enmarcado que lucía una placa del CNP junto a un montón de fotografías de coches patrulla y un rótulo que decía PADRAO COPS.

—Quería darte la noticia en persona —dijo, mientras pedía un bocadillo de lacón, un tercio de cerveza Mahou y un café para el detective—. No he imaginado que Quintero estuviera contigo.

—Has llegado en el momento oportuno. Estaba a punto de partirle la crisma.

Los ojos de Maldonado se abrieron de par en par cuando vio el enorme tamaño del bocata.

Agarró el sobre de azúcar, que también llevaba el logotipo

policial, y lo vertió en la taza. Se le había cerrado el estómago por completo, y eso que era un hombre de buen comer, pero no lograba digerir la expresión de Quintero al conocer que el cadáver de su hija había aparecido abandonado en el Parque del Oeste.

—¿Has visto con qué cara se ha marchado? —preguntó el inspector—. Menudo palo.

—Carajo, Miguel. ¿Qué esperabas? Alucino contigo.

El silencio regresó a la conversación. No debió dudar de ese hombre, reflexionó, aunque tenía suficientes motivos para hacerlo. Después de todo, nada de lo que le había comentado durante la discusión era mentira. Esa chica podía aparecer por su casa en cualquier momento. Sin embargo, no lo hizo y tampoco lo volvería a hacer.

—Mira, Javier, no es culpa tuya.

Nunca había fracasado tan rápido.

Un cliente, una causa, un pago que no llegaría. La ruina total y absoluta. La bilis le quemaba el estómago.

—No me sermonees. Bastante tengo con el sentimiento de haber fallado a ese hombre.

—No podías hacer nada.

—Darle un poco de esperanza, al menos.

—Era cuestión de horas…

—Dime algo que no sepa —respondió y disolvió el azúcar con una cucharilla. Observó a su compañero agarrando el bocadillo con las dos manos e hincándole los dientes como un salvaje—. ¿Cómo puedes tener apetito? En momentos como este, me das bastante asco. Se supone que vas a ser padre.

—Lo sé, y no lo llevo muy bien. La ansiedad me devora…

—No sé, podrías mostrar un poco de empatía por tu amigo…

Berlanga farfulló algo ininteligible con la boca llena de

pan, que sonaba a disculpa. Se limpió con una servilleta las comisuras de los labios y después las manos.

Una bala directa al cerebro.

Un cadáver sin aparentes signos de violencia.

Veinticinco cumpleaños que celebrará en sepultura.

—Llevo sin pegar bocado desde el cocido de ayer... Tu secretaria no te pasaba la llamada, así que he decidido ir por mi propio pie. Quería advertirte de la situación.

—Descuida, lo has conseguido.

—En el fondo, la mala noticia sólo es una parte de mi visita.

—Ah, así que hay más...

—Ledrado se hará cargo de la investigación del homicidio.

El anuncio no le sentó bien. Maldonado dio un puñetazo en la barra. La cucharilla se levantó del plato, provocando un ruido metálico.

—Sus muertos...

—Relájate, que vas a montar una escena —advirtió. El camarero miró de reojo a la pareja de hombres—. Es lo que quería contarte. No sé por qué te sorprende la noticia. Al fin y al cabo, ninguno de los dos estamos ya en la sección. Le toca a él y es su responsabilidad.

—Ya lo imagino... Caso cerrado. No se encontró al autor de los hechos.

—Tienes que confiar en nosotros... Lo hará. Ledrado está bajo la presión del historial que has dejado. Los dos sabemos que no te llega ni a la suela de los zapatos, pero es un inspector como nosotros.

—Como tú —corrigió.

Berlanga chasqueó la lengua.

—Está capacitado para ello. Se pondrá las pilas en cuanto le aprieten el culo.

—No me cuentes historias, Miguel. Ledrado no está capacitado para esto. Ni siquiera sabe por dónde empezar. Hay decenas de inspectores mejores que él... Esto que han hecho, se llama dedocracia.

—¿Por qué eres tan duro con los demás?

Contempló el interior de la taza y vio el reflejo de los ojos grises y apagados del empresario.

—Mira, me importa un carajo lo que pienses al respecto. Tengo que ayudar a ese hombre. Es mi cliente.

—No, ya no lo es. Si vas mal de dinero...

—Vete al cuerno, anda...

El inspector Berlanga, dejó el almuerzo en el plato, giró el cuerpo sobre el taburete y se dirigió hacia él con seriedad.

—Sabía que esa sería tu reacción —contestó—. ¿Te recuerdo por qué abandonaste? No lo hagas, Miguel. Sé cómo funcionas y cuánto te implicas en esta clase de situaciones... pero este no es el camino correcto. Tú lo has dicho. Ya no eres inspector, no es de tu incumbencia...

—Gracias. Lo había olvidado por un segundo.

—Además, aún no estás preparado para enfrentarte a un caso así... Han pasado seis meses desde aquello y todavía no has solucionado tus problemas con...

—¿Con qué?

Berlanga decidió no continuar.

—Deja que hagamos nuestra labor.

«No conseguiréis nada».

—Lo siento, no puedo perder más tiempo aquí escuchando tus soplapolleces. Necesito ir a la escena del crimen.

—Eres consciente de que tendrás que colaborar con nosotros si descubres algo por tu cuenta, ¿verdad? —cuestionó el inspector. Maldonado no soltó palabra—. Te pusiste una cláusula para evitar más problemas. La muerte de esa joven es un callejón sin salida.

—No, es el cadáver de una chica inocente con un tiro en la cabeza, pero tú puedes seguir disfrutando del almuerzo —respondió, sacó una moneda de dos euros y la dejó sobre la vitrina—. Debo ir al Parque del Oeste. Necesito entender cómo ha sucedido.

Berlanga se echó las manos a la cara, lamentando haber acudido a su oficina.

—¡Javier! Si Ledrado descubre tus intenciones, hará de tu vida un infierno.

El detective se sacudió el Barbour.

—¿Más de lo que ya es?

—¡No podré ayudarte en esta ocasión!

—Descuida, inspector... contaba con ello.

11

Subió al primer taxi que pasó por San Bernardo y el vehículo salió cuesta abajo, atravesando la Gran Vía, para después girar en la Plaza de España y tomar rumbo hacia el parque de la Rosaleda. Conocía bien su barrio, el entramado de calles y los atajos para salir de allí sin acabar colapsado en un túnel de la M-30. Era la vía más rápida y con la que menos tiempo perdería.

Maldonado observaba pensativo por la ventanilla trasera. Intentaba encajar las primeras piezas de lo que estaba sucediendo. Cómo, cuándo y por qué, se cuestionó. Una desaparición y un cadáver en apenas veinticuatro horas. Un crimen habitual, casual o premeditado. Tal vez Quintero supiera algo, se dijo, debido al exceso de preocupación. Todo eran hipótesis líquidas que no tendrían peso hasta que estudiara las horas previas al homicidio. Pero eso llegaría más tarde. Cada segundo que pasaba aumentaba la distancia entre el asesino y la policía. El papeleo dificultaría todavía más la búsqueda.

Comprobó por enésima vez la hora en el reloj de pulsera.

Seguía sin dar señales de vida.

«Maldito y estúpido vicio».

Suspiró cuando el taxista tomó la subida que bordeaba los bajos del Templo de Debod.

—Vaya despacio. Hay policía ahí delante.
—¿Cómo lo sabe? —preguntó, desconcertado.
—Es mi trabajo —respondió sin dar más explicaciones.

El hombre asintió, redujo la velocidad y continuó la senda hasta una enorme rotonda con una hermosa fuente en su interior, que se unía con el paseo de Camoens.

A medida que se acercaban, el tráfico taponaba la salida, provocando una cola de coches que se movía con lentitud. Y era lo esperado, pensó el detective.

El paseo de doble carril y sentido estaba cortado por los agentes viales que regulaban el tráfico.

—Déjeme aquí —dijo, miró el contador y le dio un billete de diez euros—. Quédese con el cambio. Buen día.

Una ráfaga de aire helado le golpeó el rostro cuando bajó del vehículo.

Resguardó las manos en los bolsillos del abrigo y caminó hacia el lado izquierdo del parque, siguiendo la bajada de hierba seca y tierra árida.

Los vehículos de la policía local obstruían el acceso a las inmediaciones. Los nacionales se encargaban de precintar alrededor de los árboles para acotar la escena del crimen y evitar a los entrometidos como Maldonado.

El detective dio un vistazo desde la distancia. Aquel atajo lo llevaba directo a la escena del crimen. Ningún agente se había molestado en custodiar la ruta.

Era un pequeño rincón del parque, escondido, aunque frecuentado. Una columna de casi diez metros en honor a la Virgen María se alzaba en el centro, vigilada por un ángel que la observaba desde los pies y protegida por una verja de hierro. Maldonado frunció el ceño.

Caminó hacia el interior con paso lento, pero firme. Necesitaba acercarse un poco más, aunque podía hacerse una idea completa de los hechos. No tardó demasiado en deducir lo sucedido.

El cuerpo había sido abandonado allí, sin vida, pero a esa chica la habían matado antes, en otro lugar.

Su cabeza descartaba hipótesis a gran velocidad.

«La abandonaron por la noche, asegurándose de que la encontrarían a primera hora de la mañana».

Era una posibilidad.

Existían otras muchas teorías.

En cuestión de horas, un transeúnte, un perro, un feligrés… Alguien se daría cuenta de que había un cadáver. Así que, quien lo hizo, pensó, quería que la encontraran. Lo supo en cuanto vio unas marcas de ruedas de coche sobre la hierba, ahora casi inapreciables por la lluvia. El vehículo había dejado un sendero recto que, con un ejercicio de atención, se podía percibir desde una visión panorámica.

«Entraron con el coche y dejaron el cadáver bajo un árbol, a escasos metros del monumento… No tendrían mucha fuerza para soportar el peso del cadáver».

Se rascó el mentón mientras se fijaba en el cordón policial y en los diferentes agentes que intentaban extraer pruebas entre la maleza que rodeaba a un vasto, aunque deshojado parque que sufría los duros golpes del invierno.

Concentrado con la precisión de un cirujano en una operación delicada, sacó el paquete blanco de cigarrillos y se puso uno entre los labios, sin desviar la mirada que tenía puesta en la Unidad Científica. En un acto inconsciente, encendió despreocupado el cigarrillo, cometiendo un error que delató su presencia.

Segundos después, unos pasos crujieron sobre la grava del

sendero.

—¡Qué! ¿Dando un paseo?

Maldonado arqueó la ceja cuando escuchó la voz que procedía de atrás.

—Ya me iba —dijo sin desviar la mirada, tomando las últimas notas mentales, estirando los segundos de conversación para fotografiar el escenario en su memoria.

—No puede estar aquí —dijo el agente vestido de uniforme—. Venga, váyase a otra parte. El parque es muy grande.

—Y Madrid también.

—¿Puede repetir eso? —preguntó, esta vez con un tono más hostil, cuando encaró al detective de frente—. Oh, usted…

Maldonado no sabía quién era el veinteañero uniformado que ahora lo miraba con respeto y precaución.

Supuso que le habría reconocido.

El motivo de su abandono del Cuerpo nunca llegó a la televisión, pero fue la comidilla en las reuniones policiales de la ciudad. Dos meses después, el exinspector se había ganado el elogio y el vituperio a partes iguales en cada comisaría de Madrid.

—Sí, ya me voy… —dijo, sujetando la boquilla del cigarro y agachando la cabeza para desviar la mirada.

Sintió una segunda presencia que bajaba por la loma, acompañada de otros dos hombres.

—¡Eh! ¡Alto! —exclamó la voz socarrona de Ledrado—. Dime que es una coincidencia y que estabas buscando una lentilla perdida en la hierba.

—Sabes que no utilizo gafas. Me funciona la vista mejor que el hígado.

—¿Inspector? —preguntó el agente, interviniendo para tomar acción.

11

El inspector Ledrado dio el alto con la mano. La tensión aumentó entre los los viejos compañeros de vestuario.

—Lárgate, Maldonado. No puedes estar aquí, no me obligues a detenerte.

«En el fondo es lo que deseas. Sacar músculo delante de tus cachorros».

Dio una calada larga al cigarro, estudiando las expresiones de los hombres que lo rodeaban. No tenían nada, elucubró, al menos nada más de aquello que era visible para todos.

Tendrían que esperar los resultados.

—Guardas buena cara, Ledrado. Los ascensos te sientan bien, enhorabuena.

—No puedo decir lo mismo de ti, ¿quién te ha pasado el soplo, Berlanga?

—Rafael Quintero es mi cliente.

—Y la muerte de su hija es mi caso, nuestro caso —remarcó, levantado los pulgares y moviéndolos en círculos para señalar a su cuadrilla—. Ya conoces las reglas. Esta vez, te tocará ver el partido desde la grada.

—¿Y tú, las conoces? Sigo sin comprender cómo te han dado esta investigación —comentó Maldonado. La espalda del inspector se tensó. Parecía nervioso. El detective lo ponía en evidencia—. ¿Qué harás si no lo encuentras?

—Desaparece de mi vista.

—Ya ha oído al inspector, señor —insistió el novato que le había dado el primer toque de atención.

El detective levantó las manos en un gesto de paz y asintió con la cabeza.

—Está bien, señores… He respirado lo suficiente por hoy —contestó y caminó entre los hombres, que permanecían inmóviles, vigilando sus movimientos. Con un ligero golpecito en el brazo, el detective se abrió paso entre los otros dos agentes, no sin antes despedirse—. Por cierto, inspector, para que veas que estoy de vuestro lado… Sospecho que el sujeto homicida es una persona de complexión delgada, diría que ectoformo…

—Ecto, ¿qué? —preguntó el agente inexperto.

Maldonado chasqueó la lengua. Odiaba las interrupciones.

—Sin mucha fuerza en los brazos y con cierto cariño hacia la víctima. Empieza por ahí, Ledrado, si es que puedes rascar algo.

12

Los cuatro ojos observaban esperanzados a que el teléfono rojo sonara.

—No va a llamar, ¿verdad? —preguntó Marla, inclinando la barbilla, pero no la mirada.

—Esperemos un poco más. No tenemos otra cosa que hacer.

Sentado sobre el escritorio de la secretaria, Maldonado se rascó el mentón.

—¿En qué piensas ahora?

Él dio un respingo.

—En dos cosas. Una, me hace falta un afeitado. Dos, si Quintero no devuelve las llamadas, iré a buscarlo en persona. Necesita nuestra ayuda.

—¿Desde cuándo eres el buen samaritano?

—Desde que necesitamos su dinero —contestó. Ella alzó las cejas. Esperaba una respuesta así por su parte—. Pero no me malinterpretes. El adelanto nos será útil para encontrar a quien ha matado a su hija.

—¿Hombre o mujer?

—Todo es posible —dijo—. Sospecho que el sujeto es muy torpe, o muy inteligente.

—Esto se pone interesante.

—Aún es pronto para emitir juicios. Lo que tengo claro es

que existía un vínculo de algún tipo con la chica.

Marla lo miraba como la estudiante entusiasmada que atiende con devoción.

—¿Qué te hace pensar eso?

—Estás tomando nota, ¿verdad? Hasta donde sé, la joven murió de un balazo en la cabeza. En otra situación, la habrían abandonado en un lugar más lejano. Es demasiado obvio. Eso habría entretenido a la policía durante unas horas. Sin embargo, dejan el cadáver en un parque céntrico, a la vista de todos, en una zona transitada. Se molestan en llevarla en un coche hasta allí, por lo que fue premeditado. Hay que tener muchas agallas para jugársela de ese modo.

—Los nervios pueden con cualquiera.

—Sí, lo sé, aunque no te expones de esa manera cuando matas a alguien. He cubierto muchos crímenes como este. Si buscas fama, cometes una atrocidad. No es el caso. Según ha dicho Berlanga, la chica no presentaba signos de violencia, aunque habrá que esperar a la autopsia… Hay una bala, por lo que la policía obtendrá un examen de balística y buscarán el rastro. Por desgracia, las marcas de las ruedas tampoco nos servirán de nada, a no ser que alguien que pasara por allí reconociera el vehículo…

—¿De madrugada? No es el lugar más seguro para estirar las piernas.

—Te sorprendería lo que puedes encontrar a esas horas —dijo, recordando sus paseos nocturnos. Durante muchos años, la zona de la Rosaleda era conocida como el lugar de encuentro entre prostitutas, travestidos y puteros—. Por la noche, todos los gatos son pardos.

—Entiendo —dijo, aunque su rostro expresaba lo contrario.

—Ahora mismo debemos barajar las opciones, desde un

asesinato pasional hasta un ajuste de cuentas. ¿Recuerdas lo que ha dicho de la desaparición?

—Por supuesto. Parecía convencido de ello.

—Necesito un café bien fuerte y un poco de aire que me ayude a pensar... Pero antes tenemos que contar con el beneplácito de Quintero. De lo contrario, no podremos averiguar demasiado. La policía ya está en marcha y eso me limita a la hora de hacer mi trabajo.

El teléfono seguía sin sonar, aunque ya se habían olvidado de él. Marla movía los dedos sobre el tablero, dando ligeros golpecitos con las uñas esmaltadas.

—¿Puedo preguntarte algo, Javier?

Él giró la cabeza y la miró. Temía lo que vendría después.

—Inténtalo. No te prometo nada.

—¿Lo haces por ella o por ti?

—Ya te he dicho que es una cuestión de dinero.

—Me refiero a ese hombre, el inspector Ledrado.

El cuello del detective se irguió.

Puso los pies en el suelo, se levantó de la mesa y dio un paso atrás a modo de defensa.

—¿Ha sido Berlanga?

—No —contestó la secretaria, agachando la mirada—. ¿Sabes? No soy estúpida, aunque me trates como tal. Las paredes son de papel y a veces escucho lo que habláis en tu despacho.

—Ya veo. Las matas callando —dijo, pero no fue un reproche. Era consciente de aquello—. No te voy a mentir. No a ti... Reconozco que Ledrado hace un flaco favor a la sociedad. No está a la altura. Lo suyo es redactar informes y mirar desde la retaguardia.

—Tengo interés por saber cómo ha llegado hasta ahí.

—La curiosidad mata al gato, no lo olvides.

—Y a ti, ¿cómo te favorece? ¿Piensas que haciendo su trabajo mejor que él, regresarás al Cuerpo?

Él emitió un gruñido y sonrió.

—¿Te han dado cuerda esta mañana? —preguntó y reculó al ver su cara—. Ni hablar. La policía es un episodio del pasado y no hay retorno... Digamos que es una cuestión de principios, nada más. Puedes estar tranquila. Tu puesto no peligra.

—No sabes lo que me reconforta eso —dijo con sarcasmo—, pero temo que esta oficina cierre antes de hora.

—Descuida, no lo hará. ¿Has sacado algo en claro de lo que nos dio Quintero?

Marla abrió una carpeta amarilla y extrajo los dos comprobantes que el empresario había encontrado entre la ropa interior de su mujer.

—No demasiado. Su nombre es Adriana Ortuño. Los dos recibos son de pagos con tarjeta. He buscado la empresa que firma los cobros y pertenece al 1912 Museo Bar, la coctelería que hay en el interior del hotel Westin Palace.

Maldonado le quitó los tiques de la mano.

—Déjame ver...

—No hay mucho que contar.

El detective se fijó en las fechas de los pagos.

—¿Qué día es hoy?

—Martes. No sé por qué no me sorprende tu pregunta... ¿No usas un calendario? —cuestionó. Los ojos de Maldonado se iluminaron y su cara dibujó una mueca—. ¿A qué viene esa sonrisa malvada?

—Fíjate en los detalles —dijo y señaló la parte baja del papel—. Estos recibos son de dos encuentros diferentes en las últimas dos semanas, a una hora parecida, entre las seis y media y las siete de la tarde. Casualmente, ambos fueron pagados en días impares.

—Puede ser una coincidencia.

—Tal vez, o tal vez no. Quintero ha pasado por alto el detalle o ha preferido que sea yo quien sorprenda a su esposa en lugar de él... En cualquier caso, mañana saldremos de dudas.

* * *

Por primera vez en varias semanas, abandonaron la oficina a la misma hora.

Tras una jornada muy intensa, Maldonado decidió que sería una buena idea tomar un descanso hasta que Quintero diera señales de vida. Al detective le preocupaba que la chica pasara demasiado tiempo metida en aquel cuarto. De algún modo, se sentía culpable por ello, aunque no descartaba que tuviera sus razones. Si estaba allí haciendo más horas de las que debía, significaba que su mundo exterior era menos apetitoso de lo que podía aparentar.

A las cuatro de la tarde, la Gran Vía era un hormiguero humano en pleno rendimiento. Circular por ella se convertía en un ejercicio de reflejos, esquivando a quienes venían de frente y apartándose de los ansiosos que caminaban por la vida con una prisa innecesaria.

—¿Hacia dónde vas? —preguntó él, con tono distendido. Le parecía extraño hablar con ella fuera de las cuatro paredes—. Puedo acompañarte un trecho.

—No es necesario —respondió la chica, fijándose en las luces del paso de cebra—. Me dirijo hacia el otro lado. Tengo la moto aparcada en la plaza de Santo Domingo, junto al Oskar.

—Qué extraño. Pensaba que te movías en metro.

—Nunca me lo has preguntado.

—Es igual. Te acompaño. Me viene de camino.

—Claro —dijo ella, sin reparo alguno. Le agradaba la idea de compartir unos minutos con aquel hombre fuera del horario laboral—. ¿Vives en el Centro?

—Más o menos —dijo él, mientras esperaban a que las luces cambiaran de color—. Cerca de la estación de Príncipe Pío.

—No sé cómo te las apañas... Esta zona me parece artificial.

—¿Hay algo en esta ciudad que no lo sea?

—Además, está llena de turistas y de gente que va y viene. Prefiero la tranquilidad de un barrio.

—Por eso llego tarde siempre.

—Debería ser al contrario.

—Es que camino muy despacio. ¿Y tú, dónde duermes?

Ella se rio y mantuvo la contestación.

Cruzaron el paso de cebra y anduvieron en silencio durante unos segundos.

—Eres un caso aparte. ¡Estaba escrito en mi currículo!

Él puso los ojos en blanco y meneó la cabeza a modo de burla.

—Tengo una memoria muy mala para según qué cosas. Además, eres la única persona a la que entrevisté.

—No me extraña —respondió y rio de nuevo—. Vivo en Bravo Murillo, cerca de la glorieta de Cuatro Caminos. ¿Contento?

—Ahora, sí —comentó.

No iba a profundizar en su vida privada, pero dedujo que no vivía sola, aunque tampoco con sus padres. No quería caer en la trampa de la culpa. La chica trabajaba con él porque así lo había pedido. Cuando pudiera, le pagaría como se merecía, se dijo. Él ya tenía bastante con sus problemas personales.

Al llegar a la plaza, vislumbró un montón de motocicletas apiñadas en dos metros cuadrados de baldosas. Marla se acercó a una bonita y moderna Vespa con maletero, un modelo de faro redondo y color azul marino metalizado que replicaba a las series antiguas.

—¿Te gusta?

—Soy más de coches, la verdad. Las motos siempre me han parecido un peligro.

—Pero te llevan a donde quieres.

Ella abrió el asiento para sacar el casco y Maldonado entendió que era el momento de despedirse. Buscó la cajetilla de cigarrillos casi vacía en el interior de su abrigo y miró al estanco que tenía delante. Entonces reconoció, a lo lejos, una silueta que le resultó familiar. De pronto, el estómago le apretó con fuerza, provocándole un ardor desmesurado. El pulso se le disparó y la atención se dirigió a la persona que salía del hotel Santo Domingo.

«Serás desgraciada...».

—¿Ocurre algo, Javier? Parece que hayas visto a un fantasma —dijo la chica con el casco en la mano, reaccionando a los movimientos del expolicía.

Maldonado le dio la espalda a la carretera para que no lo reconocieran y se ocultó bajo la cornisa del quiosco de prensa que había junto a las motos.

Desde allí la vigiló.

Cecilia, la mujer con la que salía, acariciaba a un hombre vestido con traje azul y abrigo negro, más alto que ella y más apuesto que el detective. Entre arrumacos, esperaban la llegada de un vehículo.

Al expolicía se le congeló la sangre. No daba crédito a lo

que veían sus ojos, aunque tampoco le sorprendía en exceso.

Un Uber se detuvo frente a la zona de descarga del hotel. El acompañante de su pareja le abrió la puerta trasera con galantería y después accedió al vehículo por el otro lado.

—¿Tienes un segundo casco? —preguntó Maldonado, sin quitar ojo de los movimientos de la pareja—. Me temo que debo pedirte un favor.

—Sí, claro. ¿De qué se trata esta vez?

Marla le entregó un casco negro con visera que tenía poco que ver con el integral que utilizaba ella. Arrancó la moto y Maldonado se subió detrás. Sus manos se agarraron a la cintura de la chica con firmeza. Aquel trozo de plástico no salvaría su cabeza de un accidente.

Se sintió furioso a la vez que intrigado. Cecilia se la estaba pegando con otro tipo y lo peor era que no había dudado jamás de ella.

—Este es un examen en tu carrera como detective, Marla —le dijo al oído—. Sigue a ese coche, pero cuida que no te descubra. Debes mantener la distancia oportuna para que no te vea y la justa para no perderlo de vista.

—Sí, mi capitán —respondió ella, con una mueca juguetona, y bajó la visera del casco—. Agárrate. No acostumbro llevar paquetes.

El coche oscuro tomó la cuesta que iba hacia la plaza de San Martín. La moto se puso en movimiento y descendió siguiendo el mismo camino.

13

Transitar por el casco urbano de la ciudad era un deporte de riesgo. Maldonado observaba la trayectoria del coche por encima del hombro de la secretaria. De vez en cuando, en cada giro, tenía la sensación de que Marla iba a perder el equilibrio y sus cuerpos terminarían en el asfalto.

—Más despacio, mujer. ¿Quién te ha enseñado a conducir así?

Ella se reía.

—¿Tienes miedo, Javier? Me agarras como un niño asustado.

—Me gustaría vivir algunos años más. Pon atención, te estás acercando demasiado.

La motocicleta redujo la velocidad y dejó varios metros de separación. El entramado de calles estrechas dificultaba el flujo del tráfico. El detective sentía el frío en las piernas y en su cara. No dejaba de cuestionarse quién sería ese desconocido con el que Cecilia lo había reemplazado.

—¿Alguna idea de hacia dónde se dirige? —preguntó—. Parece que se van a la calle Mayor.

El asfalto se convirtió en adoquines. Los temblores producían un escozor en el trasero del acompañante.

—Malditas piedras... Y no, no tengo la menor sospecha.

—Si continúas cogiéndome así, empezaré a creer que intentas meterme mano.

—No seas estúpida, no es un buen momento para las bromas.

Marla estaba en lo cierto.

Atravesaron la calle de las Fuentes, llena de tránsito humano que se jugaba la vida cruzando entre aceras cuando tenía ocasiones. Una calle viva, escondida y llena de balcones y ventanales de los siglos pasados, con sus bajos atiborrados de bares y tiendas abiertas a la espera de los clientes del día.

Tras una cuesta ligera, sintieron cómo los coches particulares y las furgonetas de reparto que llegaban por las perpendiculares obstruían el carril en el que se encontraban. El Uber quedaba adelantado. Marla zigzagueó sin el permiso del detective, jugándose el equilibrio entre los espacios que encontraba.

Vislumbraron los semáforos del cruce que conectaban con la calle Mayor y un apabullante número de personas que se movía a paso lento en dirección al mercado de San Miguel.

—¡Dale, que se pone en rojo! —exclamó Maldonado, vigilando el sedán que cruzaba en ámbar—. Los perdemos, Marla, ¡los perdemos!

La secretaria aceleró, dejando un ruido de bocinas por su paso.

Cuando llegaron a la intersección, el semáforo cambió de color y avistaron un coche patrulla de los locales que controlaba el acceso a la Plaza Mayor.

Maldonado vaciló.

Seguirlos y ganarse una multa.

Perderlos y quedarse con la duda.

Uno.

Dos.

Un viraje bastó para que Marla aprovechara los segundos de latencia que había entre un semáforo y otro. Desprevenido, el acompañante echó el cuerpo hacia atrás, sintiendo una fuerza que lo arrastró a la desgracia. Sus manos se convirtieron en garras y rezó para que siguiera allí sentado. Las cartucheras de la chica se volvieron rígidas bajo el abrigo y los dedos del detective se clavaron en sus huesos.

—¡No te lo esperabas! —gritó ella, emocionada por la sorpresa. Tomó la calle tras el rastro del vehículo que seguían, vigilando que la policía no se diera cuenta de la infracción.

Maldonado levantó las cejas, sorprendido, resoplando y con un nudo en el estómago.

—La próxima vez que vayas a jugar con mi vida, avísame.
—Si lo hubiera hecho, los habríamos perdido.

* * *

La travesía siguió con calma hasta la Catedral de la Almudena. Allí, el coche oscuro giró y se incorporó al puente de Bailén, pasando por encima del Viaducto de Segovia, hasta detenerse en una esquina donde había una farmacia. Varios metros más atrás, Maldonado agarró del hombro a su compañera y le indicó que parara una manzana antes. Un autobús alertó a la pareja con el estrepitoso claxon.

Maldonado bajó de la moto y se ocultó en la puerta del restaurante que ocupaba la esquina.

Agitado por el viaje, desde allí vio salir al desconocido de la berlina y después a Cecilia.

El Uber se incorporó al tráfico y la pareja entró en el edificio colindante con la farmacia. El enorme portón de madera se cerró.

—¿Estás bien? —preguntó Marla, quitándose el casco, dejando sus mechones dorados a la vista—. ¿Quiénes eran esas personas?

Él contuvo la respiración y las palabras.

La sangre le hervía por debajo de la piel, aunque sentía su cuerpo congelado. Con una mano sostenía el casco que la secretaria le había prestado. La otra apretaba en un puño todas sus ganas, clavándose las uñas en la carne. La furia animal contagió su interior. Notó el pulso acelerado, los niveles de ansiedad por las nubes y una potente taquicardia tocando a su puerta.

Uno.
Dos.
Tres.
Silencio.

Suspiró hasta vaciar los pulmones.

La tensión se derrumbó.

Tragó saliva y recuperó el color de su rostro. Los glóbulos rojos volvieron a circular por todo su cuerpo.

Allí parado, esperando a que el hormigueo de las piernas desapareciera, fotografió mentalmente el número del portal en el que habían entrado.

—Lo siento —respondió—, me he confundido con alguien a quien creía conocer.

Marla no tragó la contestación. Su mirada indicaba lo contrario.

La diversión de los minutos previos había culminado en un frío e incómodo final.

—Era ella, Cecilia, ¿verdad?

—No estoy seguro.

—En fin, ¿te llevo a casa?

Él negó con la cabeza.

—Te lo agradezco, pero me vendrá bien un paseo —dijo, disculpándose de nuevo por el error y devolviéndole el casco—. Nos vemos mañana a primera hora.

—En ese caso —contestó y quitó la pata de la Vespa—, hasta entonces.

El motor rugió y la figura de la secretaria se fundió con la travesía de luces y coches que alumbraban cada vez más en un anochecer que había llegado sin avisar.

Cuando Marla desapareció de su campo de visión, dio un segundo y largo suspiro.

14

Un golpe.

De suerte, de altura, de amor... pero, a fin de cuentas, un golpe.

—Otro doble de cerveza, por favor —pidió, apoyado en la barra de madera de la Taberna del Príncipe.

Esa noche, aquel lugar era lo más parecido a un velatorio. No había fútbol, ni cenas de trabajo, ni tragos a última hora. Esa noche, los que estaban allí, evitaban quedarse en sus casas.

La camarera llenó la copa de cristal. Maldonado observó cómo el líquido dorado formaba una capa de espuma en lo alto.

Otro golpe, en esta ocasión sobre la vitrina donde se resguardaba la tortilla de patatas y las croquetas descongeladas. Agarró la copa y bebió un trago.

Las burbujas cruzaron su garganta. Las preguntas se mezclaron con el sabor amargo del alcohol.

«¿Por qué no podías hablarlo conmigo, Cecilia?», reflexionó, recreando la imagen de su pareja con ese apuesto hombre.

Dos años y seis meses tirados a la basura en cuestión de segundos.

Para Maldonado, la confianza había sido quebrada y ya no

volvería a mirarla con los mismos ojos.

Los ojos no mienten, se dijo, recordando las palabras de Quintero.

Luego se cuestionó cuánto tiempo llevaría viéndose con ese tipo a sus espaldas.

«Debí de estar ciego para no verlo venir».

O tal vez sólo buscaba la manera de arreglar su pasado, corrigió.

—Al infierno… —murmuró, dando un segundo trago, sentado sobre el taburete, mientras esperaba que la noche se cerrara un poco más para volver a la escena del crimen.

Al fondo de la barra, de pie y con aspecto de quedarse allí de por vida, dos hombres terminaban sus copas de vino. Los había visto antes por el bar, por la calle y por el barrio. No tendrían que vivir muy lejos, calculó. Una de sus destrezas era la de crear perfiles sin mucha información. No solía fallar.

Los dos tipos hablaban, a la vez que invitaban a la camarera a que participara en la discusión. Maldonado sospechó que eran habituales por la forma en la que se dirigían a ella. Le preguntaban y la metían en la conversación, a pesar de que la camarera siguiera sirviendo a los pocos que por allí mataban los últimos minutos del día.

—Si me tocara la lotería, me compraría un Ferrari —dijo uno, sacó tres monedas de euro y las puso sobre la barra—. Anda, bonita, dame un cupón de los ciegos, a ver si mañana os pago un convite.

—¿Un convite? —preguntó la camarera con tono burlón—. Págame unas vacaciones, que falta me hacen.

—¿Y quién nos va a poner los aperitivos, Jimena?

—Calla, calla, un Ferrari —dijo el segundo. Las voces roncas de bodega sonaban con estridencia en el interior del bar. Era imposible escuchar otra cosa—. Si te toca, te lo guardas y te callas... no te pase como a la muchacha esa que han encontrado hoy en el parque del Oeste.

La antena del detective se puso en funcionamiento. Las noticias corrían como la pólvora.

Era consciente de que la mayoría de las conversaciones carecían de interés, pero los argumentos de terceros podían ayudar a plantear nuevas cuestiones.

—¿Qué me dices?

—¿No te has enterado, Jacinta? —dijo el más viejo, con un bigote manchado por la nicotina y una gran barriga rígida y gaseosa que cuestionaba las leyes físicas—, si ha estado la policía por aquí.

—Es Jimena, Pascual. Tómate el ginseng, que llevas cinco años viniendo a este bar.

El viejo se rio.

—Pues eso, una pobre chica de familia bien, de ahí de Velázquez —prosiguió—. Un disparo en la cabeza, con veintipocos, y tirada donde la estatua de la Virgen. Hay que tener mala sangre... Anda, bonita, ponme otro vinito.

—¿Y qué hacía la muchacha por ahí a esas horas? —preguntó la camarera—. Si eso está oscuro y...

—Sí, sí, todos sabemos lo que hay por ahí de noche...

—Pues gentuza, ¿qué esperabas?

—Pero es raro, ¿no? —cuestionó la mujer—. Si dices que era una niña bien, ¿qué se le había perdido por el parque?

—A saber, guapa, a saber... ¿Y el vinito?

—Que ya va, pesado...

—A todo esto, Miguel —preguntó el hombre que cargaba con su barriga—, ¿tú cómo te has enterado de todo eso? ¡Si te pasas el día aquí!

14

—Joder, Juanín, que saco al perro todas las mañanas por la Rosaleda... He visto los furgones y me he acercado. Que estoy mayor, pero ni sordo ni ciego... Además, ¿quién le va a decir nada a un viejo como yo? Pues eso...

—Pues eso digo yo también... —secundó el camarada.

—Estaba la nacional tomando pruebas... Le he preguntado a uno que iba sin uniforme, a ver qué había pasado, claro... y ha dado la casualidad de que trabajaba para el periódico.

—Periodista —añadió la camarera y dejó la copa sobre la barra—. Ahí va el vino.

—Gracias, maja —dijo, dio un sorbo y se aclaró la lengua—. Eso es, periodista.

—¿De la tele? —voceó el del bigote—. ¿Has salido en la tele? ¿Y no has avisado?

—¿Qué carajo la tele? Deja ya de mamar, anda... —contestó y los tres se rieron—. No, no era de la televisión. Me ha dicho que trabajaba para El País, creo... No me ha soltado prenda, ¿qué me va a contar?

—¡Puf! Esos...

—¿Qué?

—Nada, no digo nada, pero que no son trigo limpio...

—¿Y qué más da eso, Juanín? Tú eres del Real Madrid y te quiero igual.

Maldonado hizo una nota mental sobre el comentario acerca del reportero. Pegó un largo trago a la cerveza y la dejó en la barra. Sacó el teléfono móvil de su bolsillo y comprobó la hora en la pantalla de su viejo Samsung.

Las doce menos cuarto de la madrugada, sopesó en silencio. Sin llamadas ni mensajes entrantes.

—Perdona, cóbrate lo que te debo —ordenó y se levantó para salir.

—Son cinco euros.
—Ahí tienes, buenas noches.

* * *

La calle estaba desierta. Los focos de la renovada Estación del Norte alumbraban los alrededores de la manzana. Buscó en su chaqueta el paquete de *lights* y prendió uno de camino a la escena del crimen.

El viento soplaba de cara cuando cruzó el paseo del Rey y tomó la subida de grava y asfalto que lo llevaba hasta el jardín de la Rosaleda.

La noche se volvió más oscura.

Las farolas alumbraban una vía desierta y silenciosa. Veía su sombra al caminar. Los coches se apilaban en batería y en fila a ambos lados de la carretera hasta el final de la cuesta, donde desaparecían hasta las carrocerías y el paisaje se convertía en una pinada vacía, sin vida, peligrosa y oscura.

Maldonado no tenía miedo alguno al deambular por allí, pues no era la primera vez que lo hacía, aunque nunca bajaba la guardia.

A esas horas, lo único que encontraría sería denunciable.

Por desgracia, los años en el Cuerpo le habían dejado cara de madero, le decían, y eso no saltaba ni con aguarrás. Los travestidos que hacían la calle a esas horas, solían desaparecer como lechuzas en cuanto Maldonado se presentaba.

La brisa nocturna soplaba con suavidad. La proximidad con el Manzanares hacía que la humedad se colara por debajo del Barbour del detective.

Apagó el *light* sobre la tierra, con un pisotón, y resguardó las manos en el abrigo. De nuevo, estaba allí y, esta vez con libertad de movimiento.

La policía había dejado precintada la zona, pero sin vigilancia, podía entrar cualquiera.

A esas horas, en plena nocturnidad, las sombras del alumbrado impedían ver las marcas del coche.

Se dirigió al lugar donde habían abandonado el cuerpo, mirando hacia ambos lados para cerciorarse de que nadie vigilaba sus movimientos.

No quedaba rastro aparente. La Unidad Científica se lo había llevado todo.

Sobre un pedazo de hierba encontró sangre reseca.

Pensó que lo más probable fuera del lugar donde habían apoyado el cráneo de la víctima.

El césped estaba húmedo y las suelas de sus zapatos dejarían algún resto en él, pero a esas alturas, auguró que la policía ya habría obtenido todo lo que necesitaba.

Fijándose en sus pisadas, descubrió otras más alejadas y diluidas sobre la tierra. No eran más que rastros de sangre reseca. Para su sorpresa, la zona no estaba marcada.

Le resultó extraño.

«El sujeto se salpicó los zapatos de sangre, limpió la suela sobre la hierba y, al ver que no se iba, lo hizo en la tierra... Una acción poco inteligente, propia de un principiante, fruto de la ansiedad y de la improvisación».

Otra ráfaga de aire gélido le golpeó en la cabeza.

Algo no encajaba en su escenario.

Las marcas del coche no alcanzaban al lugar en el que habían abandonado el cuerpo. Dudó de que tal vez se estuviera equivocando y el sujeto tuviera más fuerza de la que imaginó en un primer instante.

Suspiró y flexionó las rodillas para ponerse en cuclillas.

«Dime, chica, dónde está... Todas las víctimas dejáis un hilo del que tirar... Dime, chica, si me estás oyendo, muéstrame dónde está».

A lo largo de su recorrido como especialista en resolver crímenes y en encontrar a personas desaparecidas, Maldonado confeccionó dos teorías que utilizaba en función del público al que se dirigiera.

La primera, la más racional y la que empleaba entre sus círculos profesionales, era la de afirmar que los asesinos y los secuestradores, siempre, sin excepción, olvidaban algo y cometían un ligero error, en ocasiones muy difícil de detectar, que guiaba la investigación de principio a fin. Para él, la mente humana era el detonante que impedía la perfección de los crímenes. Como en una partida de ajedrez, siempre perdía uno de los dos oponentes. En estos casos, esa parte era la mente consciente que, en un aparente ejercicio de lógica, no hacía más que dejarse llevar por el cajón oscuro del subconsciente.

Por tanto, siempre había una falla, un error, un descuido que pasaba desapercibido, y su trabajo era el de encontrarlo lo más rápido posible.

La segunda teoría, y la que reservaba para sí mismo, guardaba una mirada esotérica. Cuando se acercaba a las víctimas, sentía que los espíritus aún vagaban alrededor de la escena del crimen. La energía permanecía allí durante horas, antes de transformarse en otra entidad. A través de la atención, lo guiaban hasta las pistas para cazar al asesino. Por supuesto, no tenía ninguna prueba sólida que validara su argumento.

Esperó unos segundos, pero no ocurrió nada.

Un pájaro cantó en la noche, algo se movió entre los arbustos a toda velocidad.

Levantó la mirada al cielo, perdió el equilibrio y cayó hacia atrás. En un acto reflejo, apoyó la mano en el suelo y así evitó el resbalón sobre el césped húmedo. Sintió un pinchazo en la piel.

—¡Ah! —exclamó y se giró para comprobar qué había sido. La punzada fue dura.

Rebuscó sin miedo en la oscura hierba y sacó una pieza de metal cuadrada con un pequeño perno alargado. Lo miró bajo la luz de la farola.

«Un gemelo de camisa con un dibujo de color granate», comentó y, pensativo, lo guardó en el abrigo.

Un comienzo. Una pista que descartaba a mucha gente, eliminaba hipótesis innecesarias y le daba un punto de partida en la resolución del caso.

¿Quién cometía un crimen en mangas de camisa?, cuestionó mientras se ponía en pie para abandonar el parque. El equipo de Ledrado pasó por alto el detalle. Tampoco le culpó. Era consciente de que, en el fondo, podrían haber estado horas allí sin dar con él.

En ocasiones, cuando el foco está puesto en el lugar incorrecto, los resultados no llegan.

No obstante, el detective no pudo decir lo mismo.

La suerte estaba de su lado.

Ahora sabía que el crimen lo había cometido un hombre que, con alta probabilidad, pertenecía al entorno de Andrea Quintero.

Quizá la víctima y su verdugo se conocieran de antes, calculó.

Era consciente de que no podía perder ni un segundo. Las siguientes cuarenta y ocho horas serían cruciales para resolver el crimen.

Si quería encontrar al criminal, tenía que dar con el paradero del otro gemelo.

* * *

Cuando llegó al apartamento, vio que tenía un mensaje de voz en el contestador.

Pulsó el botón:

«Oye, Javier... Los Quintero no celebrarán una misa de despedida, así que olvídate. El funeral es a las diez y será una cosa íntima... Iré para darle el pésame y si veo ocasión, hablaré con Rafael sobre lo vuestro y ya te digo algo más tarde... ¿Vale? Venga, ánimo y cuídate».

Después borró el mensaje.

15

Miércoles.
Día 3.

Ruido, asfixia y una boina de polución sobre Madrid.

A las ocho y media de la mañana, el tráfico de la ciudad atascaba los carriles de Alberto Aguilera. Con las manos apoyadas en el volante de su Golf GTI negro, una reliquia de la automoción con más de treinta años, esperaba en la calle de Guzmán el Bueno, escuchando la cinta blanca de grandes éxitos de Los Rodríguez, junto a un decoroso portal de hierro, en pleno corazón del barrio de Arapiles.

«*Somos de una especie que desaparece... como palabras dichas al oído de nadie*».

Si sus cálculos no fallaban, pronto Berlanga abandonaría su domicilio.

Había dormido cinco horas, estaba cansado, pero no le importaba. Se lo estaba jugando a una sola carta y tenía una corazonada.

Maldonado creía con fervor que debía persuadir a su cliente para el adelanto, pero desde la noticia, Quintero no había vuelto a dar señales de vida.

Y no era para menos.

Ese día, sus preocupaciones eran otras.

A raíz de la conversación con el inspector en el bar Padrao y de las pesquisas de la madrugada anterior, pensó que podría serle útil acudir al funeral.

La única manera de averiguar dónde se celebraba, era haciendo la vieja guardia.

Si Berlanga lo descubría, perdería al cliente.

Después de dos horas y quince minutos de espera, el inspector y amigo abandonó el domicilio vestido de paisano, con un abrigo oscuro y los zapatos relucientes. Subió a un Nissan Qashqai de color azul metalizado y arrancó el motor.

«La buena vida te ha vuelto cómodo y predecible, compañero».

* * *

Siguió el camino del inspector por el cinturón de la ciudad hasta que llegaron al tanatorio.

Berlanga bajó del coche y se fijó en el viejo Volkswagen que lo había seguido. Su cara de asombro y vergüenza ajena no precisó de palabras.

De nada servirían las excusas del investigador.

—¿Se puede saber qué haces aquí, Javier? —preguntó con evidente enfado, cuando vio salir al detective de su vehículo—. ¿Qué te dije anoche?

—Su supiera de lo que hablas...

—¿Me has estado siguiendo?

—Te mentiría si dijera que pasaba por aquí.

—Eres como una almorrana.

—Quintero no ha respondido a las llamadas. Te dije que tenía que hablar con él. Creo que he dado con algo.

Berlanga sacudió la cabeza, incrédulo, y después lo agarró del brazo con firmeza, en un acto de represión.

—No, Javier. Será mejor que te largues. No voy a dejarte entrar ahí. Estás sobrepasando los límites.

El detective apartó el brazo y se deshizo de la mano del policía.

—Escúchame con atención, Miguel —espetó—. Ledrado no va a encontrar al asesino de su hija, pero yo sí. Estoy aquí para demostrárselo.

El hombre chasqueó la lengua.

Sabía que Maldonado era terco y no aceptaba los rechazos, pero aquel no era el momento ni el lugar para demostrar su valía.

—¿Has perdido la cabeza? Hoy no. No pienso tolerar que entres ahí, montes una de tus escenas y me dejes en evidencia. No, ya he hecho suficiente por ti.

—¿Es eso lo que te preocupa? ¿Quedar mal? Pon atención a lo que te voy a contar —ordenó. Berlanga se mostraba inquieto, pero se tragó las palabras como si fueran ácido líquido. Creyó que, tan pronto hablara, antes desaparecería—. Anoche encontré un gemelo de camisa en el lugar donde abandonaron el cadáver. Me llevó menos de veinte minutos. Ledrado y su equipo fueron incapaces de dar con nada en todo un día. Déjame pasar. Tiene que saberlo.

—No, Javier —negó con convicción—. No lo entiendes o no lo quieres entender. Primero, esto es una celebración privada, familiar, íntima... y a ti no se te ha perdido nada ahí. Segundo, el caso está en manos de la policía. Lo que hayas descubierto, has de contárselo a ellos, te guste o no. Tu deber es el de colaborar.

—Alucino contigo… Hablas como Ledrado.

—Ahora las cosas son así y puede que lo sigan siendo durante una temporada… Lo siento, sé que yo te recomendé, pero la situación ha cambiado. Olvídate del asunto… Es mejor que te marches, no vas a entrar en la capilla.

Un Mercedes todoterreno de color negro irrumpió en el aparcamiento.

Era Quintero y no tenía buen aspecto.

—¿Qué hace usted aquí? —preguntó con tono seco, bajando la ventanilla opaca del vehículo—. ¿No guarda respeto ni ante los muertos?

El detective no se despeinó frente al desprecio. Comprendió su actitud y más en un momento tan difícil. Después de todo, había cuestionado sus motivos para socorrerlo.

—Lamento el malentendido de mi oficina, señor Quintero —comentó—, pero necesito que hablemos en privado. Le interesará oír lo que tengo que contarle.

—Un poco tarde, ¿no cree, detective? Usted sí que va a oír lo siguiente. Lo que está haciendo se llama acoso y coacción. ¿No vas a detenerle, Miguel?

Indefenso, Berlanga se encogió de hombros.

—Márchate, Javier, eso es lo que debes hacer.

Rafael Quintero se bajó del vehículo y caminó apresurado hacia el detective. El cuerpo del empresario invadió su espacio.

—Escúcheme, miserable. Mi hija está muerta y usted puso en duda mi credibilidad. ¡Debería darle vergüenza!

El investigador apretó la mandíbula.

—Lamento decirle que su hija ya estaba muerta cuando vino a visitarme —respondió con frialdad y sin tacto—. Sin embargo, aún puedo ayudarle al respecto.

—¿Será desgraciado? ¿Qué va a hacer? ¿Me la va a devolver viva? Mejor no hable, antes de que le haga saltar los dientes. Lárguese por donde ha venido o seré yo quien llame para que se lo lleven.

—Con todos mis respetos, dudo que la policía encuentre a quien le ha quitado la vida a Andrea, al menos, en un periodo de tiempo razonable.

Los ojos del empresario enrojecieron. Su cabeza parecía a punto de explotar.

—¿Y usted, sí?

—Yo puedo ayudarle a encontrar a esa persona.

Reacio a escuchar, Quintero se esforzaba por no morder el cebo que el detective le había puesto.

—¡Berlanga, haz algo, por Dios! ¡No te quedes ahí quieto!

El inspector se dirigió al detective y lo sujetó por el brazo para arrastrarlo hacia el Golf.

—A su hija la transportaron en un coche después de matarla —explicó, retrocediendo a la fuerza, alejándose del empresario. Era su última bala—. Anoche encontré una pista que puede revelar la identidad del sujeto. Sospecho que es un varón de complexión delgada... y también que tenía una relación de algún tipo con Andrea... Sé que está desesperado y que me está escuchando, Quintero, pero sin su consentimiento no podré hacer mi trabajo... Sabe que soy el mejor en mi campo, puedo demostrárselo.

El hombre dio media vuelta y lo señaló en la distancia. El sol calentaba su espalda, formando un aura a su alrededor.

—Mi hija está muerta. No hay ayuda que valga.

—Sabe que me necesita, usted mismo lo dijo. Nos necesitamos el uno al otro.

Berlanga lo zarandeó.

—¿Satisfecho? Ya has hecho el ridículo suficiente como para esfumarte —murmuró el policía, empujándolo contra el viejo Golf—. Te lo ruego, Javier. Sube al coche y no vuelvas a molestar.

—Dame un segundo...

—No hay más segundos, carajo...

—¡Espera, Miguel! Déjalo que hable por última vez —reculó y avanzó unos metros hacia ellos, levantando una polvareda con su paso—. ¿Es cierto eso que dice?

Maldonado dibujó una mueca en su rostro.

El viento soplaba a su favor.

Berlanga lo soltó, hastiado de su presencia.

Quintero había mordido el anzuelo.

16

La ceremonia daba comienzo. El detective aceptó la retirada de manera momentánea. Los dos hombres desparecieron de su vista y aguardó lo necesario para conocer al resto de personas que se despedirían de la difunta.

Un BMW de color azul marino pasó por su lado y se detuvo en la puerta. Se fijó en el maletero, donde había un distintivo especial que no logró apreciar por la distancia.

Le sorprendió los coches que gastaban en esa familia.

De la berlina salieron dos hombres vestidos de traje. Por las apariencias, calculó que no pasarían los treinta años. Tenían un aspecto similar, fino y elegante. Se diferenciaban por el color del cabello y la estatura. Uno era moreno y el otro castaño. Los dos iban peinados con una raya perfecta, como si fueran a tomar la primera comunión. Vestían traje y abrigo, probablemente de boutiques de Serrano o de tiendas de Jorge Juan. Cuerpos arropados en miles de euros.

De la parte trasera, las piernas de una mujer, cubiertas con medias opacas, clavaron los tacones en el asfalto. No tenía duda de que era la esposa de Quintero y madre de la chica. Era idéntica a la señora que aparecía en las fotos enviadas por correo electrónico.

La mujer se apoyó en los hombros, agarrando a cada uno

por el brazo. Cabizbaja, ocultando la mirada bajo unas gafas de sol negras, marcó el paso hacia el interior del edificio.

Esperó unos minutos más, pero sólo advirtió la presencia del personal laboral del recinto.

Cuatro rostros, cuatro sospechas, pensó.

Arrancó el motor y se marchó.

* * *

La aspirina se deshizo en el interior del vaso, formando un mar de burbujas.

—Ayer pasé un poco de frío —dijo Marla, antes de vaciar el recipiente de un trago—. Esta época me sienta fatal… Siempre agarro un resfriado.

Maldonado daba vueltas en el despacho, ordenando los pensamientos, esperando a que el teléfono móvil tomara carga. Entonces, se dio cuenta de que Marla no había comprado el diario esa mañana.

—¿Y el periódico?

Ella se escondió, mirando hacia otra parte.

—Javier, ni siquiera lo lees cuando lo traigo —reprochó—. Odio acumular basura. La oficina no es tan grande.

—Pero es basura necesaria —contestó como un viejo gruñón—. Anoche me enteré de que un periodista estuvo merodeando por los alrededores del parque del Oeste. No me gusta nada que la prensa se haga eco de esto.

—Si deseas leer lo que ha escrito, puedo buscar el artículo en Internet. Me llevará unos minutos.

—Quiero su nombre. Lo último que necesito son más hocicos oliendo la mierda.

16

—Cualquiera que te oyera hablar...

Marla tecleó en el ordenador a toda velocidad. El sonido del ratón era intermitente.

Él se frotó los ojos, doloridos por la ausencia de descanso.

—Esta mañana he estado en el tanatorio. Quintero ha mordido el cebo, pero todavía no las tenemos todas con nosotros —prosiguió—. Ayer por la noche di una vuelta por el lugar donde habían dejado el cadáver. En un descuido, el verdugo debió arremangarse la camisa y perdió uno de los gemelos. Ahora sabemos que es un hombre.

—¿Quién te dice que no que lo dejó ahí para que lo encontraras? —cuestionó la secretaria, poniendo de patas arriba su hipótesis—. He dado con el reportero. Su nombre es David Romero. Escribe para la sección de sucesos de la Comunidad de Madrid de El País.

Maldonado gruñó. Detestaba que le llevaran la contraria.

—Buen trabajo... Y no, dudo que lo hiciera adrede. Percibí un aura de torpeza en todo aquel berenjenal.

—¿Qué móvil barajas?

—Dinero, odio, poder... —murmuró—. En este caso descarto la posibilidad de que vayamos tras la pista de un crimen aleatorio... Lo sabremos en cuanto conozca mejor su entorno.

La impresora se activó y de ella salió un folio en blanco y negro con la noticia sobre la muerte de Andrea Quintero.

—De nada —dijo Marla, entregándole la hoja. Él le pegó un vistazo rápido al texto—. ¿Qué tienes ahora en la cabeza?

«Demasiados pájaros y a esa mujer».

El reloj del ordenador marcaba las cinco y media de la tarde.

—Hoy es miércoles.

—Todo el día.

—Número impar... Debo apresurarme para llegar a tiempo al hotel. Quiero confirmar si esos recibos siguen un patrón o son fruto de la casualidad.

—¿Puedo ir contigo? —preguntó, con una sonrisa de niña buena—. Nadie sabrá que estoy allí.

—Lo siento, tengo otra tarea para ti —contestó y el rostro de la secretaria cambió por completo. Sacó el último de los billetes de cien euros que Quintero le había dado por adelantado y lo dejó en la mesa—. Necesito que ingreses esto en la cuenta corriente de la compañía eléctrica. Está todo en el cuaderno de contabilidad.

—Pero si es la factura de tu casa, ¿también la tienes a nombre de la oficina? Algún día te buscarán los de Hacienda...

—Es mi segundo despacho, no lo olvides. Los tipos como yo no descansan.

17

Como Hemingway en una de sus visitas a España durante los años 20 del siglo pasado, Maldonado se apoyaba en la barra del bar del Westin Palace, de espalda a las mesas, esperando a que el simpático barman le atendiera.

Un pedazo de Londres entre las baldosas, un trozo de la historia de la ciudad en el interior del hotel. Dalí, Lorca y otros muchos habían pasado por allí.

Ahora, él también lo hacía.

Estudió el entorno con detenimiento, sin prejuicios y sin juzgar a nadie.

«Demasiado pijo para mí… pero podría acostumbrarme».

No obstante, era consciente de que entendiendo la idiosincrasia de los clientes, lograría comprender a esa mujer y a su hija. Las costumbres formaban parte de la personalidad de cada persona.

La clientela era distinguida, fuera del turismo de fin de semana que se veía por los alrededores de Sol y Preciados. Un consumidor más cercano al perfil de Quintero que al suyo, pero conocer aquellos rincones era parte de su trabajo.

El bar era un salón precioso, cuidado de detalles y que cumplía con las expectativas de los que no tenían problema al desembolsar los billetes.

Luz tenue, atmósfera acogedora y aperitivos tan bien preparados que daba pena comérselos por mero el hecho de destrozar su estética.

Echó un vistazo a la carta. Los precios no se parecían a los de su barrio.

«Dieciocho euros un cóctel, nada mal...».

Debía comportarse.

Tras descartar la lista de mejunjes variados, pidió un *dry martini* al más puro estilo espía inglés. Pensó que le sentaría mejor que el resto de opciones.

El barman preparó el combinado y se lo sirvió en una elegante copa de cristal martinera.

—Que lo disfrute.

—Muy amable —dijo y pensó que aquello sí que era una buena vida.

Con un poco de suerte, si convencía a Quintero y le pagaba lo prometido, podría repetir la hazaña en el futuro.

La hora del encuentro se acercó y caviló la posibilidad de que su visita hubiera sido en vano, pero se equivocó.

A las siete y media de tarde, la esposa de su cliente apareció por la puerta del bar y se dirigió hacia una de las mesas próximas a la barra. Para sorpresa del investigador, el luto le había durado unas horas. La mujer lucía un vestido ocre de seda que ensalzaba su trabajada figura.

Poco más tarde, un hombre alto, de traje italiano y con monturas de pasta, la saludó con un beso en la mejilla, después le susurró al oído y se sentó frente a ella. Por su paso, dejó una ráfaga de colonia fresca y cara.

El amante, sospechó.

17

Nadie se acicalaba tanto para un encuentro casual.

En un vistazo rápido, los ojos de la mujer se encontraron con los del detective.

Un chispazo fortuito e incómodo.

Una descarga eléctrica que enderezó su espalda.

Con disimulo, se giró de nuevo hacia la barra.

El ambiente de la sala era tan tranquilo, que se podía escuchar la conversación si afinaba el oído. Pero la pareja se comunicaba entre murmullos, frases cortas y monosílabos. Ahora quedaba esperar a que terminaran la cita para seguirlos más tarde.

Oyó un ruido de papeles. Él le entregó un sobre blanco que la señora guardó en el bolso. Después continuaron con los susurros.

Maldonado metió la mano en el bolsillo del pantalón y sacó el teléfono móvil para fingir distracción. Por desgracia, la cámara frontal del aparato era de pésima calidad y la falta de iluminación no permitía que los rostros fueran visibles.

Habría sido una ocasión perfecta para demostrarle al cliente que estaba en lo cierto, reflexionó, aunque demasiado arriesgada. Lo descubrirían y se metería en un grave follón, así que decidió quedarse quieto.

Los siguientes veinte minutos de espera se convirtieron en una soporífera guardia.

Maldonado tuvo tiempo para reflexionar sobre la vida y hacer frente a los demonios internos que lo martirizaban desde la última semana. En un acto de nostalgia, recordó a Cecilia de una manera romántica. Le hubiese gustado llevarla allí. Era la clase de lugares con estilo que encajaban con ella. Pero el ensueño le duró lo justo y no tardó en recordar la dolorosa escena en la que traicionó su lealtad.

«¿Se nos acabó el amor? Si es que alguna vez sentiste algo que no fuera pena».

Por unos instantes, la mezcla del cóctel y los pensamientos lo llevaron a un estado anímico deplorable. Fue lo suficientemente perspicaz como para no caer en las trampas emocionales que le jugaba la cabeza.

Dado que el encuentro se dilataba más de lo esperado, vaciló en tomar un segundo trago. El barman se ofreció a prepararle otra bebida.

—Estoy bien, gracias —dijo con cautela para no llamar la atención.

Hizo memoria y recordó, de acuerdo con los recibos que Marla le había mostrado, que los pagos se hacían siempre a la misma hora.

El fin de la cita se acercó. Pidieron la cuenta y ella pagó con la tarjeta. Maldonado dudó de las intenciones de la mujer. Si quería evitar que su marido se enterara, no se molestaría en dejar un registro entre sus movimientos. Pero el mundo estaba lleno de personas despreocupadas.

En otro prudente barrido visual, advirtió cómo el galán se ponía en pie para abandonar el hotel.

Alerta de los hechos, sopesó dos opciones: seguir los pasos del desconocido o quedarse con ella. Era evidente que no iban a dormir juntos, pero también que la señora tramaba algo en su cabeza. En una situación habitual, se habría quedado en casa, soportando la pérdida de su hija bajo las sábanas. Percibió la urgencia de algo, aunque todavía desconocía el propósito.

Comprobó su cartera y sacó un billete de veinte euros arrugado. El dinero se acababa y lo que restaba en el interior ya no le permitiría pagar la carrera de un taxi.

—Cóbrese, si es tan amable —dijo, haciendo alarde de su

17

educación, recordando los reproches de Marla.

El ruido de las suelas de los zapatos de aquel tipo lo avisaron de su marcha. Aguardó unos segundos a que la distancia fuese considerable. Recogió las vueltas, respiró profundamente y carraspeó.

La silueta del cuerpo cruzó la cúpula de cristal que había fuera del bar y tomó dirección hacia la puerta del hotel.

Llegó el momento de seguirlo.

Maldonado fue tras él, ignorando a la mujer y buscó la salida.

Apresurado, alcanzó el centro de la cúpula, donde se encontraba la cafetería, pero el sonido de unos tacones lo abordó por un costado.

—No pierda el tiempo, es mi abogado —dijo una voz dulce voz femenina.

Cuando torció el cuello, la esposa de Quintero lo esperaba a menos de un metro de distancia.

18

Una mirada.
 Dos segundos.
 Otro martini.

Al barman le sorprendió que Maldonado regresara acompañado de la mujer. Parecían originarios de mundos ajenos, de vidas con caminos que nunca se llegaban a rozar.

—Yo tomaré un *bloody mary* —dijo y se apoyó en la acolchada barra de madera—. Que sepa que pierde el tiempo conmigo.

—No tengo intenciones de seducirla.

—Ambos sabemos qué hace aquí, señor Maldonado.

—¿Cómo dice, señora?

Los ojos del detective se entrecerraron. Todavía no se había presentado. Debía estar alerta, pensó, recordando las advertencias de su esposo.

De un barrido, estudió el lenguaje corporal de la mujer: postura relajada hacia atrás, hombros caídos, piernas apuntando a él. Se mostraba abierta, empática, dispuesta a hablar. Su melena oscura como el carbón caía con suavidad, cubriéndole la parte superior de la espalda. Ahora que estaba más cerca de ella, se fijó en su brillante rostro, en los labios ligeramente hinchados por el bótox y en unos ojos verdes cristalinos que seguían emanando juventud. Sin embargo, a pesar del esfuerzo de la mujer por mantenerse firme y ajena a los acontecimientos, su rostro, como una composición artística, desprendía la pena de una madre que acababa de perder a quien más quería.

—Usted es el tercero —aclaró. El barman sirvió los cócteles, acompañándolos de unos aperitivos. Las tripas del detective rugieron como un Fórmula 1, pero no era el momento más adecuado para probar bocado—. Le auguro la misma fortuna que a los dos anteriores.

—¿Murieron accidentalmente?

—No. Fueron despedidos —respondió, guardándose una victoria personal que el detective advirtió en su mirada—. Mi marido le pagará y no le volveré a ver.

Maldonado agarró el fino cuello de su bebida y pensó en brindar, pero carecían de motivos para ello y ambos tenían muchas razones para no hacerlo.

—A la tercera, va la vencida. No me rindo con facilidad.

—Lo sé, a diferencia de los otros detectives, usted tiene aspecto de policía.

—No carece de olfato. ¿Tanto se me nota?

—Váyase de tiendas cuando cobre —sentenció y tomó el timón de la conversación—. Seré franca, no encontrará ninguna prueba que me relacione con mi abogado. No somos amantes. No hay nada entre nosotros. Eso es lo que quiere mi marido, pero no se lo voy a dar, simplemente, porque no existe tal fantasía.

Él ladeó el rostro y la miró.

«Me pregunto qué dirá el abogado».

—Pero a usted no le angustia que su marido la esté espiando... Quizá la idea le seduzca y todo...

—¿Cómo osa?

—Si tanto le preocupara, lo habría hablado con él, pero no ha sido así —continuó. El martini seco afloraba sus sentidos—. Las cosas no funcionan desde hace algunos años, ¿me equivoco?

—Vaya, es usted mejor que sus dos predecesores —respondió, sin un ápice de simpatía, y probó por primera vez el bloody mary—. ¿Para qué agencia trabaja?

—Voy por libre. Conteste.

—Quien dice algunos años, también dice muchos.

—Entiendo... Pero tampoco le está siendo infiel —argumentó—. En algún momento, usted le planteó la posibilidad del divorcio y él se la negó. Así que inició su propia guerra para desestabilizarlo emocionalmente. ¿Y qué mejor manera de volver loco y distraer a su esposo para que no se deshaga de usted? Amenazando su fortuna y metiendo el dedo hasta el fondo en sus inseguridades.

—Esto sí que no me lo esperaba. Le debe de pagar bien.

—He visto a hombres llorar por menos...

—Le creo, detective.

—Verá, señora, su marido no es estúpido y tiene todos los negocios bien atados —continuó, desarmándola con su aplastante verborrea—. El divorcio no le preocupa, pues entre los dos ya no hay más que una relación funcional de puertas hacia fuera. Lo que le teme es salir perdiendo en el reparto de bienes... como usted. ¿Quién pagará estos caprichos?

—¿Dónde aprenden a ser tan perspicaces? Me gustaría hacer un curso.

—Explíqueme algo... No comprendo por qué dejó los tiques del bar entre su ropa interior, a la vista de él —indicó—. El lugar, la hora, los pagos... Nadie es tan ingenuo como para caer en una trampa para ratones.

—No subestime a los roedores. Son más inteligentes que mi esposo.

—Usted las dejó, una y otra vez, en un descuido calculado, consciente de que él me las haría llegar en cuanto le pidiera información acerca de su paradero. Señora, usted no es una mujer despistada, y comienzo a sospechar que su marido tampoco es tan idiota como me quiere hacer creer...

—¿Realmente se llega a conocer a la persona con la que duermes? —preguntó, sin apartar los ojos del detective, y dio un sorbo al cóctel.

—Es fría, calculadora y metódica.

Adriana Ortuño aplaudió tres veces.

—Bravo, detective —dijo, sujetando la copa—. Los otros dos nunca llegaron tan lejos.

Aquello sonó como un elogio.

Un potente calor le calentó la espalda.

Estaba jugando con él.

Necesitaba un cigarrillo, un tercer trago, o las dos cosas a la vez.

Sintió que era su divertimento.

—¿Qué es lo que quiere, señora?

—Que trabaje para mí. Le pagaré mejor que él.

—Es mi cliente. No puedo hacer eso.

—No se confunda, Maldonado —advirtió, sin endurecer el tono de voz—, puede seguir con él, intentando sorprenderme en alguna situación comprometida... No me importa, no obtendrá nada.

—No la entiendo.

—Lo hará, es muy sencillo —respondió y se acercó unos

centímetros a él. La respiración de Maldonado se agitó. El cuerpo de la mujer tomó una postura más rígida. Él se sintió intimidado por la presencia. Ahora, hablaba en serio—. Necesito que averigüe dónde estuvo la noche de la muerte de Andrea.

Maldonado arqueó una ceja.

—Un momento, ¿insinúa que su marido tiene algo que ver con el asesinato de su hija?

La mujer asintió con el rostro. Maldonado pensó en mostrarle el gemelo, pero decidió guardarlo y escuchar lo que tenía que contarle.

—Eso lo ha dicho usted. Quiero saber qué hizo y dónde estuvo. Él fue la última persona a la que vio Andrea.

Quintero le había confesado lo mismo.

—Va en serio, ¿no es así?

—Nunca negocio a medias. No me gustan los juegos.

—¿Y si se entera su marido?

—Ya se lo he dicho. No tiene por qué. Le daré más de lo que ya cobra.

—Eso no es muy difícil —contestó y tragó saliva—. En ese caso, tendrá que responderme a unas cuantas preguntas… Necesito atar cabos. Su marido ha sido algo parco en palabras.

—No hay problema.

—Algunas cuestiones serán superficiales y otras, de lo más impertinente. Se lo advierto.

—¿Pretende incomodarme con su dialéctica?

—Es parte de mi oficio.

—Los tipos como usted me dan risa.

—Más bien, creo que le divierten.

Ella congeló la expresión.

—No me conoce de nada, ni yo a usted —respondió, tajante

y sin tacto alguno—. No sobrepase mis límites ni se distraiga con las apariencias. Le estoy hablando en serio. Mi hija está muerta y es lo único que me importa.

El ambiente estaba cargado, la copa vacía y los primeros efectos del cóctel rondaban por su cabeza. La madeja se enredaba más, necesitaba un respiro, un poco de aire y una pausa publicitaria.
Se fijó en ella, silencioso.
Los ojos de esa mujer no mentían, o eso fue lo que percibió, pero no podía descartarla todavía. Demasiada información para una tarde laboral.
Presintió que el encuentro se alargaría un rato más.
—¿Le apetece tomar el aire?
—Me encantaría.
—Si no le importa, cargue la cuenta en el adelanto —dijo él, arrancando el paso—. Lo mejor será que no nos vean salir juntos.

* * *

Había anochecido, pero la ciudad no descansaba.
Un furgón de la policía custodiaba los alrededores del Congreso de los Diputados. Maldonado disfrutaba el invierno de Madrid.
Seco, frío y castellano.
Se sentía más cómodo en la oscuridad que bajo la luz del día. Las sombras le ayudaban a hacer su trabajo con más soltura.
La fuente de Neptuno brillaba como un carrusel gracias a los coches que giraban en la rotonda. Prendió un cigarrillo

mientras esperaba a la señora. Segundos más tarde, con paso elegante, Adriana Ortuño bajó los peldaños de la entrada del hotel.

—Eso le va a matar.

—La vida es arriesgada y peligrosa —dijo—. ¿Tiene frío?

—No. Puedo caminar.

Cruzaron al otro lado de la calle y se dirigieron hacia El Retiro. Las preguntas bombardearon la cabeza del detective. Los cócteles habían distendido la conversación. Sabía que no tendría otra ocasión mejor que esa para aclarar sus dudas.

Adriana Ortuño le habló de su pasado.

Hacía años que había dejado su trabajo como auditora en una de las firmas más importantes de la ciudad. Se había hecho a sí misma, hasta que decidió entregarse a la vida familiar para cuidar de sus hijos. Los negocios urbanísticos del marido les permitieron acumular diferentes propiedades en la zona más cara de la ciudad: desde oficinas hasta apartamentos. La solvencia les facilitó una existencia fácil y acomodada. Por su parte, Quintero supo invertir sus ahorros en un fondo dedicado a la compra de empresas quirúrgicas, la cual reportaba grandes beneficios al final de cada año.

Adiós a los días de oficina. Ninguno de los dos necesitaba trabajar para proteger el futuro de sus hijos.

Una existencia solucionada, una vida ideal que Maldonado contemplaba desde la distancia, pero que era incapaz de imaginar. Pese a todo, existía una gran diferencia entre lo que se veía y lo que sucedía en el seno familiar de los Quintero. La codicia de Rafael alimentada por una ambición desorbitada, lo había alejado del amor que un día los unió.

—Hace tiempo que no compartimos espacio —afirmó, aceptando que la pasión y el cariño del matrimonio había terminado.

Primero llegó Marcos, el mayor de los dos hijos, treinta años atrás. La grieta sentimental se agravó más con el paso del tiempo. Ortuño reconoció que los dos habían tenido sus aventuras. Romances cortos, a escondidas, de los que ambos estaban al corriente, pero que culminaban a las pocas semanas. Buscaban una chispa que los mantuviera vivos fuera de un matrimonio fracasado. Nunca hablaron de ello. Tampoco pidieron ayuda profesional. Ninguno de los dos quería renunciar a lo que ya tenían.

—Después llegó Andrea —explicó—. El parche que la relación necesitaba para dar sentido a nuestro compromiso, aunque jamás pensé que sería un error.

Un embarazo arriesgado y tardío, provocó que la diferencia de quince años entre su hermano Marcos y la pequeña supusiera un problema.

—Nos volcamos de lleno en ella. Le dimos todos los cuidados que exigió, en ocasiones, en exceso… Fue un halo de luz en nuestras vidas, una burbuja de felicidad y calma que tarde o temprano terminaría reventando. De nuevo, ninguno de los dos quisimos verlo…

—¿Se perdonaron los tropiezos del pasado?

Ella lo miró. La luz de la luna barnizó de brillo sus ojos.

—Puede ser… —dijo, con voz suave y melancólica—. Rafael tenía ilusión y, por un periodo, me convencí de que volvíamos a ser una familia unida… pero Marcos ya era un problema. Era adolescente y no supimos darle la atención que necesitaba a esa edad. Fracasé como madre.

—No se culpe por todo. El matrimonio es una cosa de dos.

—¿Tiene hijos? —preguntó, frente a una de las entradas de los jardines. Él negó con la cabeza—. No sé por qué, pero me lo imaginaba. Tampoco está casado, por lo que veo. ¿Pareja?

—Cada cual tiene lo suyo. Mi historia no ayudará a hacer mi trabajo... así que continúe.

Pasearon por el Jardín del Parterre como dos anónimos, compartiendo una íntima velada rodeados de setos y vegetación. Las vistas eran hermosas y un músico callejero tocaba el saxofón en algún rincón del parque.

Adriana Ortuño siguió con el relato. La estabilidad duró en el matrimonio hasta que Marcos cumplió la mayoría de edad. Entonces, su esposo cambió de actitud. De pronto, una fuerte presión de responsabilidad cayó sobre el mayor de los hermanos.

Rafael Quintero se obsesionó con la hombría de su hijo y el futuro de los negocios.

—Comenzó a plantearse la idea de un sucesor —explicó con pesadumbre—. Yo le decía que Marcos era aún muy joven para entender las entrañas de los negocios, pero él se escudaba en que, cuando tenía su edad, ya estaba pelándose los nudillos... Lo enviamos a estudiar a Boston. Después regresó a Madrid para completar su formación en una universidad privada. Cada vez que llamaba, era una discusión telefónica. A Rafael le quemaba que su hijo estuviera desperdiciando el futuro, gastándose el dinero en fiestas y viajes. ¿Qué iba a hacer? Lo tenía todo.

—Yo habría hecho lo mismo.

—Fue otro error. La crisis de los cincuenta golpeó a mi marido, pero también a mi hijo. Nuestra relación se enfrió y él se volvió hermético... Todavía más... Por si fuera poco, caí en una depresión de la que me costó mucho salir. Cada vez que me sentaba a la mesa con él, tenía la sensación de estar ante un desconocido.

—Conozco esa impresión —agregó Maldonado.

Atravesaron el inmenso parque hasta la salida que daba a la calle de O'Donnell. El detective se dejó guiar por la dirección que su acompañante había tomado. Con un poco de suerte, descubriría dónde se localizaba el domicilio familiar.

—No quisiera hacer más larga esta conversación... —comentó ella, cansada de hablar—. Después de meditarlo y acudir a terapia durante dos años, me di cuenta de que no podía seguir viviendo una mentira que me asfixiaba, así que le planteé a Rafael la posibilidad de un divorcio pacífico.

Maldonado se rio con sorna.

—Entiendo que se negó.

—¿Qué le resulta gracioso?

—No quiere saberlo.

—A mi marido le importaba bien poco cómo me sintiera. Sólo le concernía el dinero.

—¿Y a sus hijos?

—¿A ellos? Dudo que les afectara... Vivían como querían —respondió y aguantó la tristeza—. Me cuesta aceptar que, a partir de ahora, tenga que hablar de esto en pasado.

—¿Qué pasó con Andrea? ¿Cuál fue el detonante para que se enfriara la relación que tenían con ella?

La mujer miró hacia una de las hermosas fachadas que ocupaban la alargada calle de Príncipe de Vergara.

—Hace tiempo que mi casa era lo más parecido a un Gran Hermano. Mi marido trama algo, de eso estoy convencida, aunque no le puedo contar más. Eso es todo lo que debe saber, detective —respondió, sin reparo—. Sé que lo pretende, pero como ha dicho antes, será mejor que no nos vean juntos. No voy a ser tan insensata de dejarlo merodear por mi portal. No me olvido de que aún trabaja para él.

—No era mi intención —dijo, consciente de lo estratega que era esa mujer—. Tengo una última pregunta.

—Usted dirá. Le he dicho todo lo que sé.

—¿Quién era el otro hombre que les ha acompañado al funeral?

Ella sonrió y agachó la mirada.

—Borja, el novio de Andrea. Es un buen muchacho. Podría haber funcionado… En otra vida, imagino…

—¿Dónde podría encontrarlo?

—¿A Borja?

—Para hablar sobre Andrea.

—Claro, qué cosas —dijo y arrugó la frente—. Si no recuerdo mal, tiene la oficina en la Torre Picasso, en el paseo de la Castellana.

—Sé dónde está, gracias. ¿A qué se dedica?

Ella se encogió de hombros.

—Es *project manager* de una firma de eventos… Se llama Rock Corp, o algo parecido… Montenegro es su apellido.

—Se lo agradezco.

—Por su bien, llámeme cuando sepa algo sobre lo que le he pedido —comentó, sacando una vieja tarjeta de visita del bolso en la que se denominaba asistente personal—, y no hable de esto con mi marido… aunque estoy convencida de que ya está al corriente de nuestro encuentro.

—Lo haré —dijo él, guardando el trozo de cartulina en su abrigo—. Por cierto, una curiosidad, ¿cómo sabía mi nombre?

Ella ladeó la cabeza.

—Rafael es más descuidado que yo… pero prefiero que piense lo contrario. Mañana le haré llegar un adelanto a su oficina. Buenas noches, detective.

La mujer le dio la espalda, se acercó a la carretera y levantó la mano.

Un taxi se paró de inmediato a sus pies y entró en él. Las luces del coche blanco se perdieron en dirección contraria.

«Un buen truco», pensó, dándose cuenta del paseo que le había dado.

Abandonado a la suerte en medio de la calzada, estaba cansado y lejos como para regresar a casa a pie.

Comprobó el teléfono. Nadie había preguntado por él.

El rostro de Cecilia se veía cada vez más difuso en su imaginación.

La noche lo encogía en su abrigo y la cabeza le daba vueltas por culpa de la jaqueca. Miró en ambas direcciones a la espera de un milagro que no iba a suceder.

«En qué diablos te has metido, Javier».

Asumiendo la derrota, retrocedió hasta la parada de metro más cercana y se perdió por las escaleras.

19

Jueves
Día 4.

El pelotón de vehículos se atascaba en el paseo de la Castellana como un rebaño de ovejas, a la altura del estadio Santiago Bernabéu. Nunca le gustó aquel lugar por todo lo que representaba: derrotas, derbis futbolísticos, lágrimas y el elitismo que desprendían los altos edificios de oficinas de la zona de Azca, el corazón financiero de la capital. Bajó hasta la plaza de Pablo Picasso y alzó la vista para contemplar lo que un día fue el rascacielos más alto de España: cuarenta y tres plantas y ciento cincuenta y siete metros de altura. El vértigo lo tambaleó.

Pasó un control de seguridad, cruzó el enorme arco de la entrada y entró en el inmenso vestíbulo de mármol. La recepcionista captó su presencia. El detective parecía un turista perdido allí dentro.

—Buenos días, ¿puedo ayudarle? —preguntó la mujer tras el mostrador, vestida de traje.

Maldonado echó un vistazo a su alrededor, viendo cómo los ascensores subían hasta el cielo.

—Sí —contestó, seco—. Estoy buscando a una persona en particular.

Ella lo miró desconcertada.

—¿Sabe para qué empresa trabaja?

—Su nombre es Borja Montenegro... —explicó, sin demasiada confianza. Temía que Ortuño le hubiese marcado otro gol—. Trabaja para Rock Corp.

La recepcionista hizo una mueca de desaprobación.

—¿Tiene cita con el señor Montenegro?

—No.

Ella suspiró.

—Entonces, lamento decirle que no puedo ayudarle —aclaró, sin ningún pesar—. La empresa Rock Corp no atiende visitas no programadas.

El investigador dio un paso hacia delante, acortando la distancia entre la recepción y su cuerpo.

—Dígale que es importante. Me envía la familia Quintero.

—Pero, ya le he dicho que...

—Hágalo —insistió con firmeza.

Reticente, la mujer descolgó el teléfono, marcó el número de una extensión y pasó el recado a la persona que había al otro lado del aparato.

Uno.
Dos.
Las manos heladas, el pulso firme.

La mirada inquisidora de los guardias de seguridad le hacía sentirse un apestado.

Aquel lugar le provocaba claustrofobia.

—Sí... Claro... —dijo y se dirigió al detective—. ¿Me puede

decir su nombre?

—Javier Maldonado.

Ella asintió y siguió murmurando al aparato. Después colgó.

—Está bien, señor Maldonado —respondió tras colgar—. El señor Montenegro lo recibirá en unos minutos. Puede esperar aquí, si lo desea.

Volteó la vista al exterior y vislumbró la enorme plaza de piedra.

—Esperaré ahí fuera, si no le importa.

Abandonó el edificio, sacó un *light* y lo prendió en la plaza. Volvió a mirar hacia arriba, como si una vez no hubiera bastado para comprender que se demoraría más de lo esperado. Pero no fue así. Protegido en una bufanda Burberry de cuadros y un abrigo oscuro de paño cruzado, Borja Montenegro se presentó en el exterior antes de que fumara el cigarrillo.

El detective le dio un repaso rápido con la mirada.

«Joven, guapo, bien vestido y con buena percha… El yerno perfecto».

Puso atención en el traje de color azul marino, en los puños de la camisa, libres de complementos, y en unos zapatos Oxford perfectamente cepillados.

—Es usted el señor Maldonado, ¿verdad? —preguntó, con un tono de voz afable y un acento propio de los que trabajaban allí. Porque Madrid tenía muchas formas de hablar, ya no sólo por la importación de quienes llegaban de otras regiones, sino también de quienes frecuentaban según qué ámbitos de trabajo. La dicción también marcaba un signo de distinción.

Apagó el cigarrillo en una papelera y estrecharon la mano.

—Lamento su pérdida.

19

—Gracias —dijo el muchacho, agachando la mirada—. La señora Ortuño me comentó que trabaja para la policía... Cualquier cosa que pueda hacer por usted, sólo tiene que pedirlo.

«La señora Ortuño miente más que habla».

—¿Cómo se encuentra? —cuestionó, con afán de entender sus sentimientos.

—¿Qué quiere que le diga? Nadie lo esperaba. Todavía intento asimilar que no la volveré a ver.

—¿No ha pedido unos días libres por asuntos propios?

Él negó con la cabeza.

—Aquí —dijo, señalando al edificio—, el tiempo vuela. Los problemas se quedan en casa. Espero que no le importe recibirlo aquí. No me gusta mezclar lo privado con lo profesional.

Maldonado se mostró indiferente.

—¿Quiere dar un paseo? Aquí parados, nos congelaremos.

—Está bien, como desee.

La plaza albergaba un parque peatonal de árboles y baldosas limpias. Nada que ver con el resto del distrito. Maldonado tomó el rumbo, dirigiéndose hacia la vegetación.

—Disculpe que sea tan directo, pero a mí tampoco me sobran las horas.

—Claro, adelante.

—¿Cuándo fue la última vez que vio a Andrea?

El muchacho sopesó la respuesta.

—El domingo, si no recuerdo mal —confirmó—. Comí en casa de los Quintero, como solía hacer cada fin de semana.

—¿Sospecha de alguien que quisiera hacerle daño? Alguna persona de su entorno, del trabajo, algún acosador particular...

Él se frotó la frente.

—No sé qué decirle... Se llevaba bien con muchos y mal con otros tantos... Respetábamos nuestras vidas anteriores. No soy el típico novio celoso y posesivo.

—¿Notó algo extraño en ella?

—No, que yo sepa... Andrea y yo no estábamos pasando por un buen momento... Tuvimos una pequeña discusión ese día, pero nada importante. Lamento que no pudiéramos resolver nuestras diferencias a tiempo.

—¿Qué clase de discusión?

Montenegró lo miró y suspiró.

—Nada grave, cosas de pareja, diferencias a la hora de ver la vida... Lo llaman problemas de comunicación.

—¿Llevaban mucho tiempo juntos?

—No lo sé, ¿alrededor de un año es mucho o poco?

—Según la intensidad con la que se viva.

—Veo que me comprende —respondió y sonrió con complicidad—. Andrea era una niña muy buena, congeniábamos mucho, pero tenía sus cosas, como todo el mundo. Yo tampoco soy un santo.

—¿Pensaba en dejarla? Ahora, la gente hace y deshace a su antojo...

—¿Qué? No, para nada... Creo que nos habíamos acomodado, entrando en una rutina que ninguno de los dos quería. Supongo que la llama de la pasión se había apagado un poco, pero estábamos trabajando en ello.

—Claro, claro... —dijo, incrédulo—. Hábleme de la relación que Andrea tenía con sus padres, ¿era buena?

—¿Qué quiere que le diga? —cuestionó y comprobó la hora, ya cansado del interrogatorio. Después chasqueó la lengua—. Todos tenemos roces con nuestros padres. En general, era decente.

—Decente...

—Sí —remarcó—. Vivía con ellos, bajo el yugo y las normas que tienen. Eso nunca ayuda.

—¿Estaba al corriente del divorcio?

—¿Cómo?

La expresión del muchacho cambió.

—Nada, olvide lo que he dicho... ¿Dónde estuvo la noche del lunes?

Él resopló, destilando un ligero nerviosismo.

—En el Casino de Gran Vía...

—¿Le gustan los juegos de azar?

—No, no se confunda. Estaba allí por trabajo —aclaró, mostrando las palmas de las manos para demostrar su inocencia—. Son clientes nuestros.

—¿Le puedo preguntar a qué se dedica?

—Por supuesto... —comentó. Maldonado notó que el interlocutor comenzaba a sentirse atosigado por las preguntas—. Somos una firma multidisciplinar. Nos encargamos de la logística de grandes eventos privados, desde la contratación de aviones privados y flotas de vehículos, al alquiler de emplazamientos para grandes celebraciones exclusivas. Lo supervisamos todo, cada detalle y asesoramos en todos los ámbitos que se requieran... Verá, nuestros clientes son especiales. Trabajamos con políticos, famosos y marcas de prestigio. La privacidad es el valor añadido. Por lo general, piden nuestros servicios para que las reuniones sean íntimas, alejadas de la mirada pública.

—Y usted se encarga de todo eso —espetó con despropósito.

Montenegro alzó los hombros y apretó la mandíbula. Las palabras no gustaron al muchacho.

—Soy *project manager* —corrigió, en un pulcro inglés—.

Gestiono proyectos y subdivisiones. Todavía no he llegado tan lejos, pero le aseguro que lo haré.

—Claro, perdone mi ignorancia... —respondió el detective. Todo lo que escuchaba, le sonaba a arameo—. No quiero quitarle mucho más tiempo, Montenegro. Sé que le requieren ahí arriba.

—Siento no poder excederme mucho más.

—Una última pregunta.

—Sí, claro —dijo y sacó unas llaves del bolsillo del traje. El llavero llevaba el logotipo de la marca Audi. Maldonado sospechó que estaría nervioso por irse, o que quería demostrar su estatus social—. ¿Tiene buena relación con su cuñado?

—¿Marcos? Sí, claro. Él me presentó a su hermana. Es un buen tipo, un poco excéntrico, pero no tiene malas intenciones.

—¿Las suficientes como para matar a su hermana?

—No se exceda... Marcos era su protector. Es lo que tiene ser el hermano mayor... Cuando no le gusta alguien, lo demuestra.

—Pero usted se metió en el avispero. Debió caerle bien.

—Tenemos amigos en común y habíamos coincidido varias veces antes de conocer a Andrea —respondió, recordando los momentos pasados—. Cuando la vi con él, le pregunté quién era y me dijo que estaba soltera. No me puso trabas.

El chico se rio.

—¿Por casualidad sabe dónde estuvo la noche que desapareció su hermana?

—Pregúnteselo a él. Le juro que no tengo la más remota idea.

—¿Y con su suegro? ¿Cómo se lleva? Parece un tipo bastante estirado...

Montenegro hizo una mueca de insatisfacción.

—Entre nosotros, creo que no me traga. Quintero no se llevaba muy bien con su hija y eso me hace culpable, de alguna manera. Y mire que me esforcé, pero pensaba que no era el apropiado para ella... Cosas de padre. No tengo nada contra él.

Regresaron a la puerta del edificio.

—Gracias por la información, me ha sido de gran ayuda.

—Si hay algo más en lo que pueda ayudarle...

—¿Todos llevan coches caros en su empresa?

Montenegro se sonrojó y apretó el llavero.

—¿Eh? No, en absoluto. Son prestados.

—Que pase un buen día.

El detective se despidió y echó a caminar en dirección al paseo de la Castellana.

—¡Maldonado!

—¿Sí?

—Espero que encuentren a quien lo hizo.

«Que no te quepa la menor duda».

20

Las finas gotas de lluvia golpeaban el cristal de la ventana. El frío no era suficiente para convertirlas en granizo. Otro invierno gris, pensó.

Marla no había llegado todavía al despacho. En su ausencia, se encargó de hacer los deberes. Un nombre y un número de teléfono sobre el escritorio.

Descolgó el aparato y marcó.

—¿Sí? —preguntó una voz ronca, aún castigada por el sueño—. ¿Quién es?

—¿David Romero?

—Depende de quién lo pregunte. ¿Con quién hablo?

Aguardó unos segundos.

—Le habla el detective Javier Maldonado —respondió. Aún le sonaba raro mencionar en voz alta su profesión—. Soy un asiduo lector de su sección del periódico.

—Por supuesto. ¿Cómo ha conseguido este número? Es mi teléfono privado.

Maldonado carraspeó.

Las preguntas las hacía él.

—Ayer lo vieron merodeando por el parque del Oeste, metiendo las narices en el asunto de la chica muerta.

—¿Es un delito? Hago mi trabajo. Si no le gusta, no es mi

20

problema. A mí tampoco me gusta el suyo.

—¿Podemos vernos esta mañana? Me gustaría intercambiar algunas informaciones al respecto.

—¿Me toma el pelo? ¿Por qué iba a reunirme con un desconocido? Tengo mis fuentes, no necesito perder el tiempo con aficionados.

—Ni yo tampoco, aunque mírelo de esta manera —dijo y llenó los pulmones—. Yo le doy material para mantener su puesto de trabajo y usted me cuenta lo que sabe.

—Me da la impresión de que uno de los dos saldrá perdiendo y no será usted… Lo siento, tengo mucho trabajo hoy.

—Quizá prefiera que avise a mis colegas de la policía. Estarán encantados de hacerle una visita.

—Encima, con amenazas… Está bien… Maldonado ha dicho que se llama, ¿verdad?

—Sí. Le espero en una hora en el Café Comercial.

—¿Cómo sabré quién es?

—Lo hará, créame —dijo y colgó.

La puerta se abrió y Marla asomó la cabeza, sorprendida.

—Esto sí que es una noticia —comentó, quitándose el abrigo rojo—. ¿Qué me he perdido?

—Acabo de hablar con ese mequetrefe del periódico —contestó, caminando hacia la sala contigua—. Hiciste un buen trabajo.

—¿Y? ¿Eso es todo?

—Gracias por hacer el pago bancario. He vuelto a tener luz en casa.

—¡Javier!

—Podría ponerte al día, pero he quedado en una hora. Tendrá que ser más tarde. Además, necesito que estés aquí. Estoy a la espera de un paquete.

Unos zapatos Oxford de caballero entraron en la oficina. Marla se apartó de la puerta y observó al desconocido. Maldonado reconoció su impronta.

—¿Puedo ayudarle en algo? —preguntó la secretaria.

El hombre miró con asco el interior.

—Ya me encargo yo —dijo el detective, adelantándose—. Le estaba esperando.

El abogado de Adriana Ortuño frunció el ceño extrañado, apretando los ojos bajo los cristales de sus monturas de pasta negra.

Cuando entró en el despacho, Maldonado cerró la puerta para asegurar la privacidad de la conversación, aunque supiera que Marla lo escucharía todo.

—Es usted el hombre que vigila a mi cliente.

Él sonrió.

—Siéntese, por favor, no se quede ahí parado —dijo, señalando a la silla de invitados—. Ella también es mi cliente ahora.

—No he venido a negociar. Le podría denunciar por acoso y chantaje.

—Pero no lo va a hacer. ¿Ha traído el dinero?

Desconfiado, abrió su maletín y sacó un sobre amarillo de burbujas que dejó encima de la mesa.

—Se hartará de perseguirla sin éxito. Adriana no esconde nada.

De cerca, comprobó que era más joven de lo que percibió en un primer momento.

Adriana Ortuño seguía siendo muy atractiva, a pesar de casi doblar la edad del abogado. El detective sospechó que le atraía algo más que la figura de esa dama.

—Veremos quién se harta antes de quién… —contestó sin despeinarse, agarró el sobre, comprobó el interior y calculó que contenía unos quinientos euros. Después lo guardó en el cajón—. Le iba a preguntar algo, pero se acaba de delatar solito. El amor es lo que tiene, que nos nubla la vista hasta que nos quedamos ciegos.

—¿Cómo dice?

—Primero, haciendo de recadero para esa mujer. Segundo, llamándola por su nombre de pila... Me sorprende que no les hayan cazado mis compañeros anteriores. ¿Tanto paga la señora?

—Ya se lo he dicho. No hay nada.

—¿Hace cuánto que mantienen una aventura?

Su rostro se enrojeció.

—La relación que guardo con la señora Ortuño es puramente profesional —contestó, rectificando su postura. Después, recordó algo—. Me pidió un favor personal, eso es todo lo que hecho... ¿Y usted? ¿Quién diablos es? Me da la impresión de haberlo visto en alguna parte...

—Tengo un rostro muy común, no se moleste. Me lo dicen a menudo. Puede que me confunda con un actor de Hollywood...

—No, ahora lo recuerdo. Estaba ayer en el bar del Palace, esperando en la barra.

—Un hombre de leyes ha de afilar la memoria.

—Pongo atención a los detalles. Usted era como un jarrón de plástico barato en una joyería. Qué mezquino... ¿No se cansan de fracasar?

«¿Y tú, de ser el perrito faldero de esa mujer?».

—En efecto. Era el mismo intruso que vio cómo la besaba en la mejilla, acariciándole la cara. Un gesto muy cariñoso, propio de una relación profesional entre abogado y cliente. ¿Cómo se llama?

—Mirete... Beltrán Mirete.
—Dígame una cosa, Beltrán. ¿Por qué no asistió al funeral?
El cuerpo del abogado se volvió más rígido.
—Métase en sus asuntos, detective.

Maldonado exhaló contra el cristal, formando un pequeño vaho y miró por la ventana, creando una pausa intencionada para generar más tensión en la conversación y desarmar a aquel tipo.

Pobre hombre, pensó al verlo acorralado como una gallina.

—No tengo interés en saber qué hay entre usted y la señora, al menos, de momento —aclaró, tomando asiento, y esperó a que el invitado hiciera lo mismo—. La chica está muerta. Eso es lo que me preocupa. ¿Qué me puede contar de la familia?

Al sentarse en la silla, las mangas del traje que llevaba bajo el abrigo quedaron a la vista. Los ojos del detective se clavaron en los puños de la camisa y en los gemelos que los abotonaban. Eran diferentes al que había encontrado. El gesto no pasó desapercibido. En cuanto el interlocutor se dio cuenta del detalle, escondió las manos por debajo de la mesa.

—No los conozco. No tengo trato con ninguno de ellos. ¿Por qué no le pregunta al marido? Estoy convencido de que puede llenarle la cabeza de historias.

—Para no conocerlos, sabe bastante.

—La señora Ortuño me pone al corriente de lo ávaro y cretino que es el marido, capaz de inventarse cualquier cosa con tal de salirse con la suya...

—¿Y usted?

El letrado vaciló con la cabeza.

—Yo, ¿qué?

—¿Es el héroe en esta historia? —preguntó—. ¿Es el hombre que la va a liberar de las cadenas de ese monstruo?

20

—¿De qué va esta encerrona?

—No me malinterprete. Sólo pregunto. Tengo el defecto de querer saberlo todo...

No contestó y cruzó los brazos, tomando una posición corporal defensiva.

Maldonado metió la mano en el bolsillo y jugó con el gemelo entre sus dedos.

Eso despertaría la curiosidad del otro, atizando sus nervios

—Me pregunto qué habrá visto ella en usted.

—Vamos, no sea así, hombre... —respondió, mirándolo desde arriba—. Estamos en el mismo barco. Cada uno hace su trabajo y con su ayuda, podría aligerar el mío. ¿Por qué no empieza por la relación que tiene Ortuño con sus hijos?

Los ojos no mentían, recordó.

Los del abogado se movieron hacia la derecha, improvisando una excusa.

—Buen intento, pero no faltaré a la confianza de la señora y menos con otro entrometido de poca monta. ¿Sabe que es el tercero?

—No es necesario que haya un cuarto. ¿Le paga también por guardar silencio?

—Cobro por mi trabajo, que no es otro que el de a gestionar los trámites que mi cliente ha solicitado. Usted no puede decir lo mismo.

—La verdad es que no, pero tampoco me pesa la conciencia. Verá, letrado, mi cliente, que también es la suya, me ha pedido que averigüe dónde estuvo su marido en la última noche de Andrea —respondió y acercó a él por encima del tablero—. No pretenda hacerse el digno. No me importan sus asuntos. Cuénteme qué sabe de ellos y no le diré nada al señor Quintero. Hasta ahora, han sabido esconderlo bien. No me obligue a ser yo quien destroce su bonita relación extramatrimonial...

Impasible, el abogado pegó la espalda al respaldo de la silla.

—No voy a caer en su juego. No dice más que chorradas. Ahórrese la saliva —respondió y sus ojos se dirigieron al bolsillo del abrigo—. ¿Se puede saber qué tiene en la mano? Me irrita.

Maldonado sonrió, dejó el complemento en el abrigo y levantó la mano con falsa inocencia.

—Nada, no tengo nada... Entonces, si no va a hablar, ¿por qué sigue aquí?

—Tiene razón, eso mismo me pregunto desde que he entrado —contestó y se puso en pie, dándole la espalda—. Disculpe, no tengo por qué perder más tiempo en esta pocilga.

—No me subestime, puedo provocarle un fuerte escozor.

Los pies del abogado se detuvieron. De su rostro salió un lamento.

—A la señora Ortuño le preocupa el futuro del hijo —explicó con desgana. Por el tono de voz empleado, parecía que estuviera traicionando una promesa—. Posee deudas económicas a causa del juego. Sin demasiado esfuerzo, lo encontrará en el Casino Gran Vía. Empiece por ahí. Tiene para entretenerse.

—¿Ve cómo no era tan complicado?

El hombre se giró y le lanzó una advertencia con el índice levantado.

—Por última vez, no vuelva a acercarse a ella ni a mí, está sobre aviso. Póngame a prueba y le sacaré hasta cada céntimo que haya ganado a costa del sufrimiento de la familia —amenazó. Después agarró el maletín, caminó hacia la salida y se giró de nuevo—. Que sepa que este cuchitril apesta a suciedad.

El hombre desapareció pegando un fuerte portazo.

20

Maldonado abrió el cajón, dejó la prueba que había encontrado en el parque, sacó un par de billetes del sobre y cerró el compartimento con llave.

«Ahí estará a salvo».

Luego agarró su abrigo y salió de la habitación.

—¿Qué le has dicho para que se marchara así? —preguntó la secretaria, entrometiéndose en su camino—. Era el abogado de la esposa de Quintero. ¿Sospechas de él? ¿Me vas a contar de una maldita vez qué está pasando?

—Ni que tuviera que explicártelo dos veces —dijo, apartándola con suavidad de su ruta—. Mantente localizable, puede que necesite tu ayuda más tarde… Presiento que será otra jornada intensa en la ciudad.

21

Primero, sospecha.
Segundo, pregunta.
Después, dispara.

Tenía motivos de sobra para incluirlo en su lista, pero algo le decía que ese letrado no era el asesino de Andrea Quintero.

Caminó cuesta arriba por San Bernardo en una mañana gris, helada y aparentemente cotidiana. Los taxis bajaban desde la glorieta, los agentes uniformados custodiaban las entradas de los ministerios y de las bocas de metro de Noviciado salía un aluvión constante de personas. Con paso torpe, lento y atragantado, esquivaba a los caminantes que encontraba de frente. Así y todo, disfrutaba el paseo y prefería tomar aquella ruta a escoger otros caminos. Para él, aquello era vida y la calle de San Bernardo se convertía en una línea fronteriza imaginaria que unía diferentes mundos: el de los bohemios que vivían en Malasaña, el de los currantes que subían desde la plaza de España y el de los acomodados que bajaban desde el otro lado de la glorieta. El resto lo formaba la masa heterogénea de visitantes de otras zonas, de otros pueblos, de otras provincias, de otros países.

Reflexionando acerca de la entrevista con ese reportero, el detective se dio cuenta de que tenía un gran problema o, mejor dicho, muchos problemas pequeños.

Quintero seguía sin llamar y su mujer había logrado el cometido de llenarle la cabeza de contradicciones. Hasta el momento, sólo tenía una prueba que lo haría llegar al asesino, pero nada más. Conseguir el informe policial de Ledrado, quedaba fuera de sus planes. Después del desplante del tanatorio, Berlanga no estaría por la labor de hacerle más favores.

Amigos para esto, pensó, pero no le juzgó. Las amistades están para lo bueno y para lo malo, pero no para lo peor, se dijo, aceptando que el inspector no iba a jugarse el pescuezo por él.

Antes de emitir un juicio final, debía ponerle cara a ese Marcos para cerrar el círculo más cercano de la víctima. Debía encontrar el coche que el asesino utilizó. Debía encontrar el móvil del crimen. Debía sospechar de cada uno de ellos hasta que pudiera demostrar lo contrario. Algo le sugería que no podía dar un paso al frente sin completar la información.

A la altura del parque de bomberos, le alarmó un detalle que lo puso en guardia.

En un movimiento rápido e inconsciente, se miró en una de las entradas de metal y vidrio que custodiaban el edificio de los matafuegos. El cristal reflejó su figura y también la de dos hombres al otro lado de la calle.

Nada extraño, pensó, si no fuera porque los sorprendió, deteniéndose a la vez que él.

Astuto, sabía que retroceder no era una opción. Era mejor que pensaran que no los había visto.

Continuó la ruta hasta la esquina de la calle de Daoiz, el

callejón que lindaba con dos colegios. Sin miramientos, giró hacia la derecha y entró en la estrecha calzada, despejada a esas horas, esperando a que los otros hombres hicieran lo mismo. No era la primera vez que alguien lo seguía y tenía una regla de oro para esa clase de contratiempos: evitar poner en peligro a terceras personas.

Confirmó su presentimiento.

Debía deshacerse de ellos antes de llegar al café.

Escasos segundos después, volvió a mirar hacia a sus espaldas, esta vez sin reparo alguno. Uno de los hombres apareció por detrás, a lo lejos. Maldonado sospechó que el segundo lo esperaría en el cruce con la primera perpendicular. Al final de la recta se encontraba la plaza del Dos de Mayo, histórico emplazamiento para el levantamiento contra los franceses, inspiración para Benito Pérez-Galdós en sus Episodios Nacionales y, en el presente, un punto de encuentro para la juventud más salvaje. Un lugar de trabajo para los lateros ambulantes y una plaza rodeada de cafeterías con alimentos libres de gluten.

Se detuvo frente a la estatua de los capitanes Daoiz y Velarde. Comprobó el lado izquierdo y vio al segundo desconocido, con su cazadora de cuero y unos andares que hablaban por él.

Volvió la vista hacia atrás. El primer hombre recortaba distancias.

Llenó los pulmones, inclinó la cabeza y siguió adelante.

Atravesó la plaza, continuó andando y maquinó la manera de despistarlos. Por sus intenciones, auguró que parecían dispuestos a dialogar con él. Podían ir armados. En ninguno de los casos, le interesaba comprobarlo. Así que el único modo de darles esquinazo era arrastrándolos a una zona muy transitada.

Tomó el primer cruce y continuó hacia la boca de metro Tribunal. Las dos siluetas se fundieron en una. Caminar se hacía más complicado.

Maldonado sorteó a los transeúntes que se encontraba de frente, esquivándolos como podía para avanzar. Los hombres de negro se aproximaban a él. Alcanzó la parada de metro, las angostas aceras se volvieron intransitables. Los coches y las motos atascaban la entrada de la calle de la Palma. Los pasos de esos matones sonaban con más fuerza.

Esconderse en el metro no era una opción. Perdería su oportunidad para hablar con ese tipo.

Giró la esquina.

Uno.
Dos.
Ahora.

Echó a correr por la calle de Fuencarral, la calzada que más detestaba de toda la ciudad por sus tiendas, el ruido, el exceso de público, el lento tránsito, la falta de espacio, de alternativas, de aire. Los dos hombres se separaron. El detective no volvió a echar la vista atrás y corrió como una gacela, todo lo que pudo, evitando la masa humana que lo frenaba, eludiendo las obras de la calle y a los ciclistas que repartían comida a domicilio, empujando a todo el que no se apartaba de su camino.

Los gritos de atención delataron su posición. Si dudaba, lo cazarían.

Tomó la primera salida que encontró a la derecha y bajó la calle con el fin de esconderse. Entró en una floristería y esperó unos segundos mientras recuperaba el aliento. La dependienta lo contempló extrañada.

—Buenos días, ¿se encuentra bien? —preguntó la mujer tras el mostrador, con una mirada desconfiada. No era para menos, pensó él. Apoyó las manos sobre las rodillas, soportando el fuerte pinchazo que el flato le había provocado. Levantó la mirada del suelo y observó la calzada. Oyó los pasos apresurados—. ¿Va a comprar algo?

—Sí, claro —dijo, casi recompuesto, meciéndose el cabello hacia atrás y dando la espalda al escaparate—. Un ramo de flores, por favor...

Entonces los vio en la calle, desde un cristal del interior.

Tragó saliva y se quedó estático.

—¿Algo en especial? Rosas, tulipanes...

«Corta el rollo, mujer, y agarra las malditas flores. No te pongas ahora a darme la paliza con tus preguntas».

—Rosas, sí —contestó, en voz baja—. Esas van bien.

—¿Blancas, rojas? Es que las hay...

—Rojas. Y ya.

Un gesto bastó para que la mujer no se metiera en sus asuntos. Se acercó a un cubo de flores y seleccionó unas cuantas para confeccionar un ramo.

Maldonado cerró los ojos. El corazón le golpeaba por debajo de la camisa. Apretó los puños en el interior de los bolsillos del abrigo y rezó para que desaparecieran. Los hombres estaban detrás, al otro lado de la cristalera, pero no lograban verlo.

—¿Le parece bien? —preguntó la mujer, sosteniendo diez rosas.

Él la miró, sin moverse un milímetro.

—Sí.

Ella frunció el ceño. Estaba siendo simpática con su cliente y éste, un auténtico maleducado.

—¡Por allí! —señaló uno de los matones y continuaron calle

abajo, en dirección al mercado de abastos de Barceló.

Suspiró.

                        Uno.

                        Dos.

                        Tres.

                        Casi.

—Son treinta euros —comentó, sin ánimo alguno—. ¿Efectivo o tarjeta?

Maldonado salió a la puerta y se aseguró de que estaba a salvo.

—Oiga, las flores.

Regresó al establecimiento, sacó un billete de la cartera y respiró aliviado.

Sabía que volverían y debía estar preparado para entonces. Otro descuido así y no habría ramo de flores, sino una corona de rosas encima de una caja de madera con su nombre.

22

El Café Comercial se ubicaba en la glorieta de Bilbao, frente a la parada de metro con el mismo nombre y donde se cruzaba con la larga calle de Alberto Aguilera. Uno de los casi extintos cafés de finales de siglo XIX que sobrevivía a las tendencias de la ciudad.

En los últimos años, el Comercial se había convertido en un lugar de moda, en un punto de reunión para jóvenes y no tan jóvenes, sobre todo desde su reciente lavado de cara. Cocina europea, mesas de mármol como las de antaño, halógenos, columnas redondas de piedra, mucho dorado y una pared de espejos que generaba sensación de profundidad.

Al llegar a la entrada, Maldonado no tardó en reconocerlo. El periodista lo esperaba en la barra del interior del bar, apoyado en una de las mesas que daba a la calle.

Romero presentaba un aspecto desaliñado, mucho peor que el del detective, y éste sospechó que era su facha habitual.

Vestía una parka verde desgastada, unos vaqueros que habían perdido el color y presentaba una barba cerrada que se poblaba más y más, llegándole a los pómulos. Si no fuera porque sabía quién era, tenía la impresión de que se sentaba frente a un mendigo.

Cuestionó sus gustos musicales y sospechó que sería del

Real Madrid o de algún equipo con aires de superioridad. Guardaba la apariencia de los hinchas que iban al fútbol para gritar desde la grada a pie de campo.

Cruzó la entrada, pasó al bar y sus ojos se encontraron.

Luego dejó el ramo sobre la pequeña mesa redonda de madera.

El periodista se quedó pasmado.

—¿Lleva siempre flores a sus encuentros? —preguntó, sosteniendo la tacita de café y mirando las rosas—. Hubiese preferido un pincho de tortilla.

—No son para usted, Romero —contestó seco, malhumorado, y levantó la mano para llamar la atención de la camarera que había tras los grifos de cerveza—. Un café solo, por favor.

—Vayamos al grano, detective —arrancó el periodista, rompiendo el hielo—. Ya me ha hecho esperar bastante y tengo unos cuantos artículos que entregar. Le escucho.

A Maldonado le sirvieron el café.

Dio un sorbo y contempló al hombre que tenía enfrente.

—¿Qué encontraste la otra mañana por allí?

Romero dio un respingo.

—Nada que no supiera.

—Porque sabías algo…

—Javier Maldonado, exinspector de homicidios y desapariciones del CNP. Una veintena de casos cerrados con éxito, dos investigaciones sin finalizar y un sonado accidente que terminó con su carrera. Lo echaron, ¿verdad?

—Me fui. Veo que ha hecho los deberes, ¿tanto miedo doy?

—Ninguno. Me aseguro de que tengo la razón.

—Pues no, no la tiene —aclaró—. Dejemos el pasado donde está. Ya se lo he dicho antes… Ahora soy detective e investigo la muerte de Andrea Quintero. ¿Mejor así?

—Mucho mejor. Los expolicías me dan más seguridad... ¿Qué tiene?

Maldonado ladeó la cabeza.

—Un montón de cuestiones sin sentido. Un matrimonio disfuncional, un móvil que aún desconozco y a dos matones corriendo a mis espaldas para darme una paliza. ¿Le basta?

—No está mal, aunque no es el material que me prometió.

El detective se mordió la lengua.

Esta vez, debía ser él quien cediera.

—A la chica no la mataron en el parque, sino que la abandonaron allí —explicó—. Quien lo hizo, entró con una berlina y sacó el cadáver del maletero. Era un hombre, de complexión delgada. De lo contrario, no habría movido tanto el cuerpo.

—¿Cómo sabe que era un varón?

—Encontré un gemelo de camisa escondido entre la hierba. Sería frío y calculador que una mujer lo hubiera hecho adrede. Intuyo que fue un varón, ansioso por deshacerse de la chica. En situaciones límite, perdemos la razón y nos dejamos llevar por la adrenalina y los mecanismos de supervivencia... Los nervios no son los mejores aliados. Pasan factura.

Romero escuchó atento, se rascó la barba y sopesó la hipótesis.

—Quizá no tenga tanta experiencia como usted, pero...

—No la tiene.

—He escrito mucho sobre estos temas.

—No lo pongo en duda.

El periodista optó por cambiar el rumbo del encuentro.

—¿Sospecha de algún miembro de la familia?

—Si no lo hiciera, haría mal mi trabajo. ¿Puede contarme

algo sobre Rafael Quintero y su esposa?

—¿Acaso lee el periódico, detective? —cuestionó y se rio al ver su expresión petrificada—. Está bien, veo que no se anda con rodeos... Supongo que sabrá que Quintero, además de rico, es conocido por financiar y defender la caza en este país, al menos, de cara a la sociedad. Hace unos meses, un grupo animalista anónimo le envió a su domicilio una réplica de su cabeza disecada, como si fuera la de un arce.

—No estaba al corriente. ¿Lo hizo público? No parece su modo de responder a estas cosas...

—No, pero ya sabe. Alguien se encontraba donde no tenía que estar esa mañana y filtró la información...

—Claro. Qué esperar de su gente... —dijo Maldonado, cabreando al periodista, y se frotó los nudillos—. ¿Qué tiene que ver eso con el asesinato de la chica?

—Puede que nada, o puede que nos dé un indicio —contestó—. Según mis datos, Quintero es miembro del club de tiro de Sotomontes, al igual que su hijo. Por tanto, los dos tienen licencia de armas para la caza.

—Eso es interesante —contestó el detective y entornó el ojo derecho. La muerte fue provocada por un disparo, aunque el análisis de balística debía aclarar con qué clase de arma se había producido. Un rifle habría destrozado el rostro de la joven y nadie había mencionado que eso hubiera ocurrido. Hizo una nota mental para más tarde. Instigaría a Berlanga para que le proporcionara la información. Eso lo sacaría de dudas—. Siga, siga...

El reportero descubrió el interés en su rostro. Era consciente de que sus declaraciones guardaban un precio muy alto.

—También sé que Quintero ha tenido problemas con el fisco

y que Hacienda le ha abierto una investigación para aclarar qué sucede con las sociedades que estaban a su nombre.

—Explíquese.

—Sí, lo de siempre. Mover dinero a otros países, a empresas fantasma, a entidades que no tributen en España. ¿Una cuestión de impuestos? No lo sé, no lo parece. Quintero ha pagado en España toda su vida y su patrimonio sigue siendo el mismo. Tiene que ver con otras razones.

—Su esposa—indicó el detective. El periodista abrió el bloc de notas y comenzó a garabatear nombres y frases con una caligrafía ininteligible—. Adriana Ortuño le pidió el divorcio. Supongo que éste incluía la separación de bienes... Quintero se negó, pero ella continúa buscando la manera de acabar con el matrimonio.

—Quizá la hija descubriera las intenciones del padre...

Maldonado negó.

—Hay que tener la sangre muy fría para hacerlo. No lo descarto —explicó. A simple vista, encajaba con el perfil de Quintero—. El asesino conocía a la joven, formaba parte de su entorno y ella no opuso resistencia antes de recibir el disparo. Al menos, no pudo defenderse...

—Usted mismo ha dicho que no se fía de nadie.

—Y no lo hago, pero una cosa es el dinero y otra, los hijos... Hay más jugadores en esta partida. ¿Tiene alguna información sobre la chica?

—Era un influyente en redes.

—¿Una influyente?

Romero gesticuló, extrañado.

—¿En qué año vive? —cuestionó, sorprendido—. Internet, las redes sociales... Todo el mundo quiere su pedazo de atención ajena. Hay quien tiene mucha audiencia y vive muy bien haciendo pública su vida. No los envidio. Cualquiera lo puede saber todo de otra persona. Tiene que ser insoportable vivir sin intimidad.

El detective no entendió de lo que hablaba.

—Esa familia no tiene problemas de solvencia.

—No diría lo mismo del hermano…

—Deje que adivine. ¿Un hijo pródigo aplastado por la presión de su padre?

—Ya sabe más que yo… Parece que tiene algunos problemas de adicción. En especial con el juego, aunque también con las mujeres y con la noche en general. Es lo que pasa cuando tienes un cheque en blanco.

—Vamos, que le pega a todo. Es curioso, ¿cómo ha conseguido la información?

—¿Acaso cree que es el único que olfatea? —cuestionó, ofendido—. Trabajo en un diario de tirada nacional. Tenemos un suplemento de sociedad… Me he limitado a preguntar a mis compañeras de sección. Madrid no es tan grande como parece.

—Ser un desgraciado no lo convierte en un criminal.

—Le sorprendería la cantidad de noticias que he escrito acerca del tema.

—Le recuerdo que cuando usted tecleaba, yo levantaba los cadáveres —contestó, algo confundido por la información del reportero. La situación había dado un vuelco en su cabeza. Hasta el momento, rechazó la posibilidad de que su cliente también fuera uno de los sospechosos, pero ese Romero tenía algo de razón. No podía fiarse de nadie—. Escuche, Romero, hay un tipo llamado Beltrán Mirete. Es el abogado de la señora y quien está tramitando el papeleo del divorcio. Entérese de para quién trabaja y sígale la pista.

—¿Por qué no lo hace usted? Es el detective.

—A mí ya me conoce y sería muy inoportuno que me viera de nuevo —explicó—. Averígüelo todo sobre él. No descarto que juegue un papel clave en esta historia. El idilio con esa señora no termina de convencerme...

El detective se percató de que había hablado de más.

—¿María Ortuño tiene una aventura? Eso sí que es jugoso... Aunque no tengo tiempo para seguir a nadie.

Maldonado frunció el ceño.

—Asegúrese de estar mañana a las seis en el bar del Palace. Los encontrará allí.

—¿Es una encerrona?

—Confía en mí —respondió, rompiendo la formalidad que había guardado hasta el momento—, pero ni se te ocurra escribir al respecto.

—Descuida —dijo y sonrió—. Nunca traiciono a mis fuentes.

23

Una celebridad social.

Diez mil seguidores atentos a cada fotografía que ponían en jaque su autoestima.

Una vida pública en las redes.

Un puñado de frases abstractas que manifestaban su tristeza.

—Pondré las flores en el jarrón —dijo Marla, al ver el mustio ramo de rosas, y se levantó del escritorio—, aunque no aguantarán demasiado.

Maldonado entró en su despacho, entornó la puerta, introdujo la llave en el cajón de su escritorio y lo abrió.

Sabía que podía meterse en un buen lío si lo sorprendían armado. Había escapado una vez, pero era consciente de que volverían a intentarlo.

Cogió la pistola y se la ajustó en la parte trasera del pantalón. Luego guardó el gemelo encontrado en el bolsillo interior del abrigo.

—¿Qué es una influyente? —preguntó el detective, regresando a la habitación contigua.

—Una persona que expone su estilo de vida de manera abierta y a la que mucha gente se quiere parecer.

Marla le mostró la pantalla de su teléfono.

El perfil virtual de Andrea Quintero era un álbum de fotos de su vida. La última imagen publicada era de varios días antes de su muerte. Cientos de mensajes escondidos en apodos se acumulaban en el tablón, dejando las muestras de afecto por su pérdida. La chica había sido activa durante meses, mostrando su día a día, posando con una felicidad que poco tenía que ver con la realidad que el detective había descubierto hasta el momento.

Recuerdos en Baqueira, vacaciones en Ginebra y un cumpleaños en lo alto del Empire State.

Maldonado pasó las fotos a toda velocidad, buscando un algo que le sirviera de ayuda. Andrea no había tenido reparo en mostrar su intimidad, publicando el interior de un apartamento que debía de ser su domicilio.

En una fotografía en la que posaba en el balcón, encontró un detalle. Conocía la calle, aunque no localizaba el edificio exacto. A lo lejos, en una esquina de la captura, sobresalía la cúpula redonda y la torre de una iglesia.

—Es la parroquia de San Manuel y San Benito —indicó la secretaria. Él la miró atónito—. Claro que sabes cuál es. Has pasado por ahí cientos de veces... Es la iglesia que enfrenta la calle de Atocha, frente al Retiro.

—¿Puedes localizarla?

—Por supuesto —dijo ella, abrió la aplicación de mapas y un punto rojo indicó su ubicación—. Según la fotografía y la distancia del balcón, si no me equivoco, la foto fue tomada desde la calle de Columela, una de las perpendiculares a Serrano.

Serrano era la vía más cara y conocida de la capital, donde todas las marcas de lujo tenían su sitio.

23

—¿Puedes averiguar el número del edificio?

A Marla le llevó apenas unos segundos.

—Cuarta planta, número cinco.

—Demonios, ¿dónde has aprendido eso?

—Esto lo hace cualquiera, Javier... —respondió y arqueó una ceja. Por un momento, llegó a pensar que su jefe aún vivía en el Pleistoceno—. Si te molestaras en...

—Sí, sí, da igual —interrumpió, antes de que continuara con el sermón sobre la tecnología y la utilidad que tenía para el trabajo. Encontró lo que necesitaba. Sabiendo que Andrea vivía en el domicilio familiar, era muy probable que esa fuera la dirección correcta—. Vuelve a las fotos. ¿Qué hay del novio? No aparece en ellas.

Ella negó con la cabeza.

—No, pero...

—¿Pero?

—Eres una cornuda —dijo en voz alta, leyendo uno de los comentarios que encontró en la fotografía del balcón—. Supongo que eso es todo lo que hay sobre él.

A Maldonado le resultó fascinante cómo la exposición abría una grieta entre la privacidad y la intimidad de las personas.

—¿Puedes encontrar su perfil? Se llama Borja.

—¿Montenegro?

—Pues no lo sé, a ver...

Marla le mostró la pantalla de nuevo.

No titubeó ni un segundo al ver el rostro de ese chico.

Cuando estudió el álbum de fotografías de Borja Montenegro, comprendió que él tampoco parecía desaprovechar sus días de bonanza.

Las imágenes representaban un estilo de vida similar al de la víctima, como si estuviera marcado por un patrón general.

En algunas imágenes, lo encontraba vestido de traje, acompañado de otros hombres, en el interior de la amplia oficina de la Torre Picasso. De fondo, el paisaje de la Castellana se veía difuminado a través de las ventanas.

Estudió cada píxel.

En otras imágenes, presentaba una faceta más desinhibida y familiar.

Fotos en barcos, momentos en Bali sin camiseta y fiestas con amigos.

A diferencia de la chica, el novio no tenía pudor en lucir los abdominales, ni tampoco en presentar a las distintas mujeres que lo acompañaban en restaurantes o bares de copas, la mayoría de ellas jóvenes y con implantes mamarios y piernas de infarto.

—La última foto es del verano —señaló Maldonado, absorbido por la cantidad de información que podía recoger en cuestión de minutos—. Al parecer, la familia le había dado el visto bueno, pero para él no tendría que ser tan seria la relación. ¿Te suena esta persona?

—Por suerte o por desgracia, pertenezco a otro mundo.

—Ya somos dos.

—Las redes son mera fachada, Javier. Muestran lo que quieren y como quieren para ganarse la aprobación o la envidia de sus seguidores... La mayoría de los perfiles exhiben una vida ficticia que difiere mucho de la realidad.

—¿Y tú, tienes uno de estos?

—No te lo pienso revelar.

—Haces bien. No pongas en juego tu trabajo —dijo con burla y se quedó pensativo durante unos segundos.

El abanico de culpables se abría, pero no debía distanciarse de su propósito. Primero tenía que contactar con Berlanga.

23

Con un poco de presión, terminaría accediendo a sus súplicas. Después debía hablar cara a cara con Quintero.

Si no le cogía el teléfono, se personaría en su domicilio.

No podía perder más tiempo. Presentía que iba un paso por delante de Ledrado y eso le hacía sentir bien.

—Tengo la impresión de que estamos cerca de resolver este embrollo, Marla.

—¿Estamos? Habla por ti. Ni siquiera me has contado qué has averiguado. Siento que no confías en mí lo suficiente para que te ayude... Soy más lista de lo que crees. No te defraudaría.

«Y no lo pongo en duda, querida».

—Es largo de explicar... pero te diré que Rafael Quintero y su hijo son miembros del club de tiro de Sotomontes —contestó—. Quintero está intentando mover su fortuna para que su esposa no consiga sacarle nada tras el divorcio. Si la chica murió por un disparo...

—¿Insinúas que lo hizo el padre?

—O el hermano —añadió—. Difícil de saber, pero en este país no es tan sencillo obtener una licencia de armas y, todavía menos, guardar el arma en el armario de tu casa... No deja de ser un indicio. María Ortuño me confesó que la última persona que estuvo con su hija fue Rafael. Sin embargo, hay algo que no me cuadra... Supongamos que lo hizo él.

Marla apoyó la barbilla sobre las manos y escuchó.

—Sorpréndeme.

—Me contrata para que investigue a su esposa, después mata a su hija, la abandona de una forma tan torpe y me pide que la encuentre... Carece de sentido.

—Puede que esa fuera la intención.

—¿Confundirme?

—Hacerte cómplice.

—Lamento decirte que eso no tiene pies ni cabeza, Marla.
—Tú eres el detective, Javier.
—Lo sé, por eso será mejor que me vaya... —dijo y se dirigió a la puerta—. Por cierto...
—¿Sí, jefe?

Por un segundo, pensó en contarle lo que había sucedido con esos dos hombres, pero al final prefirió guardarse la historia para él. Ese era otro asunto que aún tenía que resolver. Descubrir quién los había puesto tras su sombra.

No quería asustarla, ni tampoco ponerla en peligro.

Cuanto menos supiera, menos se involucraría.

—Nada, lo de siempre... Lleva cuidado cuando te marches... hay mucho lunático suelto en esta ciudad.

24

El papel de aluminio se arrugaba a medida que engullía el grasiento bocadillo de calamares. Estaba poniendo el asiento del Volkswagen Golf perdido de migas de pan.

Aquel bocata era lo mejor que le había sentado en mucho tiempo.

Se limpió el aceite de las manos con una servilleta fina de papel que decía CERVECERÍA POSTAS, nombre del bar donde había comprado el almuerzo y que hacía honor a la vieja calle del Madrid de los Austrias. La clase de bares que solía frecuentar: de los de siempre, sin artificios, con las instalaciones de aluminio, el grifo de cerveza Mahou, el mismo menú que en todo Madrid, la cristalera cargada de dibujos y palabras y el servicio de unos camareros más secos que el bonito en salazón.

Sin desviar la mirada de la puerta de la comisaría de la calle de Leganitos, pegó un trago de Coca-Cola hasta vaciar la lata. El vientre le respondió y soltó un ligero eructo.

No estaba en condiciones de mejorar la dieta, pero su estómago llevaba unos meses pidiéndole un descanso.

Si continuaba alimentándose de esa manera, bebiendo más de la cuenta y fumando como el guardia de un bingo, pronto tendría que lidiar con una úlcera.

Terminó el almuerzo viendo cómo la tarde caía poco a poco por delante del salpicadero, con un sol que se abría paso entre las nubes y acompañado del bueno de Calamaro, quien le cantaba aquello de *me gustan los problemas, no existe explicación*.
Berlanga abandonó su despacho a la misma hora de siempre. Los días duros de oficina y trabajo de campo quedaban en el olvido. Ahora, disfrutaba de jornadas lentas, aburridas y estables, propias de un inspector pisapapeles y burócrata.
«Quién te ha visto y quién te ve, Miguelito…».
Pegó el último mordisco de pan e hizo una bola con el papel plateado sobrante, lanzándolo a los pies del asiento del copiloto. Después arrancó el vehículo y tocó el claxon.
Berlanga reconoció el coche que se aproximó a él por la carretera.
No le agradó la sorpresa.
—Sube, que te llevo a casa —dijo el detective, bajando las ventanillas.
El inspector avanzó unos pasos.
—Primero me dejas en evidencia y ahora me acosas —respondió sin inclinarse—. Déjame tranquilo, Javier. No tengo nada que hablar contigo.
—Venga, no te hagas el remolón. Somos amigos, ¿no?
Berlanga suspiró, haciendo un gesto de indignación, y abrió la puerta del coche.
—Joder, Javier. ¿Cuántas veces te he dicho que no vengas a la comisaría? —preguntó y olisqueó como un cánido—. ¿A qué huele aquí?
—A policía español —respondió y esperó a que se ajustara el cinturón de seguridad. Después subió hasta la plaza de Santo

Domingo y se incorporó a la Gran Vía.

—Sabes que no puedes ir por aquí… Te multarán, esto es Madrid Central —dijo, confundido con el comportamiento de su compañero—. Ya no eres un policía, no puedes ir por libre…

Desde hacía algunos meses, el Ayuntamiento había prohibido el tránsito por el centro de la ciudad a todo aquel que no fuera residente, taxista o trabajara para el servicio público.

—¿Y crees que me importa? —cuestionó y soltó una carcajada seca—. Lo paga la señora Ortuño.

Berlanga lo observó.

—Tienes una pinta lamentable.

«Un poco tarde para darte cuenta, amigo».

A pesar de las limitaciones del tránsito, el tráfico a esas horas era denso en la arteria más importante de la capital.

Se detuvieron en un semáforo a la altura del edificio Carrión, uno de los iconos más conocidos de la ciudad, gracias al luminoso y colorido rótulo de neón que patrocinaba una marca de bebidas.

—¿Por qué no me dijiste nada sobre los problemas financieros de Quintero?

—No conozco las entrañas de su vida, ya lo sabes.

—Ni que es socio del club de tiro de Sotomontes, que financia la caza, y que su hijo también posee licencia de armas. ¿Tampoco sabías nada de eso?

Mosqueado, Berlanga meneó la cabeza.

—Sé por dónde vas y estás cometiendo un grave error, Javier. Rafael nunca haría algo así. ¡Por Dios! —bramó—. ¿Desde cuándo construyes la casa por el tejado?

—¿Qué dice el análisis de balística? Y no me vengas con que no has oído nada porque no te creeré.

—Ledrado lleva el caso con hermetismo. Está al corriente de que estás metiéndote en sus asuntos y no se fía de nadie que esté fuera de su equipo.

—¿El calibre era un nueve o un siete?

—Mira, ya te he dicho varias veces que no puedo hacer demasiado...

—¿Viste el cadáver?

—No, por Dios...

—Pero me dijiste que el disparo le perforó la cabeza, no que se la destrozó... Eso aclararía muchas cosas.

—No fue él. Descarta esa posibilidad.

El silencio irrumpió en el interior del vehículo.

—Esperaba que me echaras un cable...

El inspector apoyó el codo en la ventanilla y se sujetó la frente.

—Ese es mi problema. Sabía que la ibas a fastidiar... Esto ha sido un error, no has cambiado nada.

—Tú sí que lo has hecho. Estás encubriendo a ese cabrón.

—Diablos, no doy crédito contigo. El policía soy yo, no tú. ¿O no lo recuerdas?

—Eres un miserable, Miguel, que lo sepas.

—Te estás equivocando, Javier... ¿Por qué no arreglas tus problemas de una puñetera vez y dejas a la gente trabajar en paz?

—Mi vida no tiene solución, pero esa chica merece que alguien encuentre al asesino.

Berlanga, preocupado, guardó silencio.

El Golf atravesó la Gran Vía y se incorporó a la calle de Atocha. Cruzaron el centro de la ciudad hasta la fuente de Cibeles y subió por el paseo de Recoletos para alcanzar la calle de Serrano.

24

—Oye... esta dirección no va hacia mi casa.
—Vamos a resolver esto de una vez.
—¡Detén el maldito coche!
Berlanga se tiró a las manos del volante.
El semáforo cambió de color y el detective pisó el pedal de freno antes de provocar un accidente.
Las pastillas chirriaron. El cuerpo del inspector salió despedido unos centímetros hacia el salpicadero, pero el cinturón de seguridad lo sujetó.

Uno.
Dos.
Respira.

Miró por el retrovisor y vio el carril vacío.
El corazón del detective volvió a latir con rapidez.
—¿Has perdido el juicio? ¡Nos podrías haber matado!
—¡Tú te has vuelto loco!
Apretó las manos sobre el volante. Deseó romperle la crisma al compañero. Cerró los ojos, buscó un lugar de paz en su interior. No lo encontró. La situación superaba su temple.
—Como vuelvas a hacer eso...
—¿Qué? ¿Me vas a pegar, Javier?
Comenzó a hiperventilar.
Los ojos del detective se enrojecieron.
La luz del semáforo se puso en verde y el coche se quedó quieto en medio de la vía.
Sacó la cabeza por la ventanilla. El oxígeno no circulaba lo suficiente. La ansiedad se apoderó de su cuerpo. El sudor de las manos era frío y pegajoso. Maldonado buscaba un rincón de paz en el cielo, antes de provocar una pelea.

—Cierra el pico, Miguel...

Berlanga lo observó, paralizado, con los ojos clavados en el horizonte y ajeno al claxon de los coches que pitaban para que se moviera.

—¿Sabes qué te digo? ¡Que te jodan! —gritó, abriendo con torpeza la puerta—. ¡QUE-TE-JOD-AN, TÍO! ¡Mereces estar en un psiquiátrico!

Uno.
Dos.
Fuerza.
Calma.
Otra respiración.

—Está bien, bájate si quieres —dijo con voz monótona, ignorando las bocinas que se sumaban en el semáforo—. Voy a ir a hablar con él. Quintero fue la última persona que vio a su hija. Te prometo que si me dice la verdad, me desentenderé del caso.

El claxon del taxista que tenían detrás no se detenía.

Uno.
Dos.
Al carajo.
Fin de la espera.
Alguien debía pagar los platos rotos.

Maldonado se quitó el cinturón, salió del coche y caminó hacia el vehículo blanco. Antes de cruzar una palabra, se acercó al taxista y le golpeó un puñetazo en el cristal de la ventana. No necesitó más para que cesara el ruido. El conductor lo miró

24

asustado, como quien se enfrenta a un jabalí en plena noche. El detective regresó al vehículo.

—¿Y bien? ¿Te quedas o te largas?

Berlanga meneó la cabeza.

—Iré contigo… No me fío de lo que puedas hacer.

—Mejor… Así tendremos un testigo.

25

Abandonó el coche en una zona de estacionamiento de pago y salió disparado hacia el portal del edificio donde residía Quintero. Siguiendo sus pasos, Berlanga caminaba ansioso, consternado por el desenlace que estaba a punto de presenciar.

—¡Espere! ¿A dónde va? —preguntó el portero, pero el detective lo ignoró subiendo los peldaños de mármol de la escalera.

Las cuatro plantas de altura no le hicieron quedarse sin aliento. Detrás, su amigo sufría la fatiga de la vida acomodada.

Timbró a la puerta hasta tres veces.

El inspector apareció agotado.

Una señora vestida con un mono blanco de trabajo los recibió.

—¿Quiénes son ustedes?

—¿Está el señor Quintero en casa?

—¿Quién lo pregunta?

Maldonado empujó la puerta hacia dentro y se abrió camino por el recibidor.

—¡Oiga! —exclamó la mujer, intentando detenerlo.

Berlanga se encargó de calmarla y ésta corrió hacia un dormitorio.

—¡Javier, no puedes entrar así! —reprochó el policía—.

25

¡Esto es ilegal!

El apartamento era amplio, un laberinto de puertas inmaculadas. Por la cocina salía un fuerte olor a estofado de cerdo. Dada la ubicación, estimó que encontraría el despacho de Quintero al final del corredor.

De pronto, el empresario irrumpió en escena, abandonando una de las habitaciones.

—¡Marián! ¿Qué es este ruido?

—Nos volvemos a ver, Rafael.

—¿Usted? ¿Berlanga? —preguntó, conmovido—. ¡Esta es mi residencia privada! ¿Quién les ha dado permiso para entrar aquí?

La cara del inspector era un poema y la expresión del detective, un asunto por resolver.

La visita no fue de buen recibo.

—Señor Quintero, dado que no responde a mis llamadas, me he tomado la libertad de venir a hablar con usted.

—¡Marián, llama a la policía!

Berlanga se tapó la cara.

—Será mejor que Marián prepare una cafetera. No cometa ese estúpido error —advirtió el investigador—, al menos, hasta que escuche lo que tengo que decirle. Los dos sabemos por qué estoy aquí.

—Es un lunático. Esa es la razón. Le voy a meter una denuncia que se le van a quitar las ganas de hacer el imbécil.

—Tal vez... —contestó él, regalándole una sonrisa—, pero también soy el mejor en mi oficio. Usted mismo lo dijo... y he hecho mi trabajo.

—No pienso escuchar más memeces. ¡Miguel! ¡Llévatelo! ¡Por lo que más quieras! —gritó el empresario, enfurecido—. ¡Saca a este personaje de mi casa! ¿A qué esperas? ¿A qué también te detengan?

Las amenazas no funcionaron para apaciguar el deseo del detective. Estudió la postura de Quintero y comprendió que estaba utilizando un farol. En el fondo de su mirada, moría de ganas por escuchar lo que tenía que contarle. Aquel gesto le hizo dudar de él. Puede que Berlanga tuviera razón y Rafael Quintero no hubiese matado a su hija. De lo contrario, estaría ante un mentiroso profesional.

Berlanga agarró a su amigo por el brazo.

El cronómetro mental se puso en marcha en la cabeza de Maldonado.

La presión era un buen combustible para llevar a cabo su juego.

Todo a una carta, pensó.

Había llegado el momento de demostrar por qué había sido el mejor durante tanto tiempo.

* * *

Cuando se calmaron los ánimos, Rafael Quintero aceptó sentarse a hablar. Creyó que así se desharía de él antes.

Estaban solos en la propiedad, a excepción de la sirvienta, que seguía ocupada en la cocina, a la espera de que la visita abandonara el lugar. La chimenea del salón calentaba el resto de la estancia. Se sentaron alrededor de una mesa alargada de madera y los chispazos de la lumbre interrumpían el sórdido silencio hasta que Quintero decidió romper el hielo.

—Se lo repito —dijo con voz firme el empresario—. Le daré un minuto para que se explique y después se largará.

Un minuto es más que veinte segundos, pensó.

Debía ir al grano del asunto.

Sacó del bolsillo la única prueba que tenía y la dejó sobre el mantel de tela blanca.

—¿Es suyo?

El hombre lo agarró para observar con cuidado.

—No he visto este gemelo en mi vida. ¿A quién pertenece?

—Lo encontré en el lugar donde abandonaron a su hija —explicó—. Me figuré que le resultaría familiar.

—Le gusta dar cosas por sentado. ¿Qué le hace creer que es así?

—Lo mismo que pensar que los dos hombres que me han seguido esta mañana, no lo han hecho por gusto.

—No sé de qué me habla, se lo juro por mi hija.

El detective suspiró.

—¿Por qué no me cuenta sobre la conversación que tuvo con su hija por última vez? Aclararía muchas dudas.

—¿Y por qué insiste? Ni siquiera le he pedido que se encargue de este triste asunto.

El detective le clavó los ojos.

Ante la coacción silenciosa, accedió a escuchar.

—Tengo la sospecha de que el asesino de Andrea es alguien de su entorno más cercano.

Quintero tomó aire.

Lo estaba poniendo a prueba, removiendo los recientes recuerdos del pasado.

—No descansará hasta que se lo diga, ¿verdad?

—Al menos, hasta que lo descarte como sospechoso principal.

—Esa sí que es buena… —comentó, enfurecido, y miró al inspector, que agachaba la cabeza, lidiando una lucha interna para salvar a sus dos amistades—. ¡Bobadas! Está bien…

Acabemos de una vez. Andrea estaba confundida, hecha un lío de emociones… esa fue la razón por la que vino a hablar conmigo.

—¿A causa del divorcio que su mujer intenta llevar a cabo?

—¡No! Ese chico, Borja —aclaró—. Tenía la impresión de que le estaba poniendo los cuernos con otra. La pobre se fue de este plano con el corazón encogido.

—¿Qué le dijo usted?

Quintero frunció el ceño, compungido, y se rascó el mentón.

—Lo que le diría cualquier padre… Que dudar de otras personas está mal, pero que si tenía pruebas de ello, que lo mandara al infierno. ¿De verdad que ha venido a casa para esto?

«Lo cierto es que no».

—¿Cuál es su relación con él?

—¿Con Borja? La justa. No me entusiasmaba, aunque lo prefería a los novios anteriores que había tenido. Con ella se llevaba mejor.

—Ahora me habla de su esposa.

—Sí, es lo lógico. Gánate a la madre porque el padre es consciente de que te estás acostando con su hija. Y ese no es un plato de buen gusto. Entre hombres, no hacen falta explicaciones.

—¿Y su hijo?

—Con él se lleva bien. Fue quien se lo presentó a Andrea.

—Y supongo que no tendrá relación con sus deudas económicas…

—No estoy al corriente de eso —contestó, poniéndose alerta. Maldonado encontró una fisura en su reacción—. Marcos y yo no hablamos demasiado.

—Pero van juntos al club de tiro.

25

—Hace años que no viene. Fui yo quien lo obligó para formarlo en los valores de un hombre, pero me ha salido rana. ¿Contento?

—No del todo —respondió y cogió aire. El tiempo se le acababa, así que apostó con un órdago—. ¿Dónde guarda las armas? La policía sospecha que lo hiciera su hijo.

—¿Es eso cierto, Miguel?

Berlanga miró hacia otro lado, echándose las manos a la cabeza.

—Ya es suficiente, Javier.

—¿Puedo echar un vistazo por las habitaciones? Me llevará dos minutos.

Maldonado se puso en pie.

—¡Por supuesto que no! ¡Ni se le ocurra cruzar esa puerta! —exclamó furioso y se levantó de la silla—. En esta casa no hay armas.

—¿Por qué lo defiende, señor Quintero?

—¡Porque se lo está inventando todo!

—No, escuche con atención —indicó—. Estoy poniéndome de su parte. Su hijo tiene problemas de adicción y sabe cómo utilizar un arma. Déjeme dar un vistazo a su cuarto. Si es inocente, saldremos de dudas...

El timbre de la puerta sonó.

La sirvienta salió al pasillo y abrió.

Maldonado giró la cabeza. El ruido alborotador de las pisadas lo desconcertó. No era un hombre, sino varios.

—¡Inspector! Por fin llega —bramó el empresario, aliviado al ver a Ledrado con la compañía de otros dos agentes—. He actuado como me sugirió.

—Ha hecho lo correcto —respondió y enseguida se fijó en los otros dos hombres—. ¿Qué cojones?

—No es lo que parece, Ledrado —dijo Berlanga, levantando las manos.

—Me importa un carajo lo que parezca —respondió el inspector y se acercó a Maldonado por la espalda. Desde la silla, el detective podía sentir la presión sobre él—. Te acabas de poner la zancadilla tú solito. Registradlo.

—No puedes hacer eso, es abuso de la autoridad.

—Por favor, no convirtamos esto en un malentendido.

—¡Cierra el pico, Berlanga! Mantente al margen si no quieres que te incluya en el acta —respondió, tajante, y empujó el hombro del detective. Al moverse de la silla, vislumbró la silueta de la culata por debajo del abrigo—. Vaya, qué sorpresa… Esto te va a salir muy caro. Haz el favor y no me des una lección de ética… Ponte en pie con las manos donde las vea.

Maldonado accedió, humillado delante del resto de hombres. El inspector le arrebató la pistola y la descargó. Después se acercó a su oído y le echó el calor del aliento.

—Te dije que desaparecieras de mi vista, pero veo que las moscas nunca se van del todo.

—Será porque huelen la mierda, Ledrado… será por eso.

26

El séquito masculino continuó unos minutos más en el amplio y pulcro salón de la vivienda, alrededor de la mesa, oyendo de fondo los chispazos de una leña que se consumía lentamente.

Quintero rechazó poner una denuncia contra él, pese a la insistencia de los agentes para que lo hiciera. De algún modo, sintió pena por el detective, que ahora se encontraba arrinconado por sus excompañeros.

Por su parte, el inspector Ledrado prefirió negociar y darle una oportunidad al viejo policía a cambio de la información que guardaba.

Berlanga contempló a su amigo con cara de cordero, el cual no tuvo más opción que la de rendirse ante el chantaje.

Pruebas, datos, direcciones, rumores... Cualquier pista que Maldonado había descubierto por cuenta propia, le sería de ayuda al inspector. El policía era consciente de que le convenía mantener al detective cerca, antes de pisotearlo como a una cucaracha. Aquel caso era la oportunidad que tenía para sentar las bases de su llegada y ganarse la confianza de un entorno que aún miraba con anhelo los éxitos del pasado.

—¿De dónde has sacado esto? —preguntó el inspector, recogiendo el gemelo del mantel de la mesa y entregándoselo a un compañero para que lo guardara en una bolsa de plástico—. ¿De quién es?

—Estaba en el lugar donde abandonaron a la chica... Tengo la corazonada de que pertenece a alguien del entorno de la víctima.

—Insiste en inventarse que Marcos mató a su hermana —irrumpió el empresario, metiéndose en la conversación—. Es imposible, señores.

Los presentes se giraron hacia él.

—¿Puede demostrarlo?

El hombre se frotó los ojos. Su rostro denotaba vergüenza y decepción. La verdad pesaba tanto que no podía soportarla dentro de él.

—Claro que puedo demostrarlo... —dijo y miró hacia la lumbre—. Eran las diez de la noche y no había venido a cenar. Marián ya se marchaba a su casa y yo estaba preocupado porque Marcos hubiera vuelto a hacer de las suyas... Lo llamé y tenía el teléfono apagado, así que me fui a por el coche para traérmelo a casa.

Por su forma de hablar, el detective entendió que no era la primera vez que lo hacía.

—¿Dónde lo encontró?

Aguantó la mirada abochornado. Vaciló varios segundos y habló.

—En el Casino de la Gran Vía —lamentó—. Es muy desagradable para un padre ver cómo su hijo se convierte en un ludópata. No sabes qué hacer, no sabes cómo ayudarle.

—¿Hay testigos que puedan corroborar lo que dice? —preguntó el inspector.

Quintero lo miró con desprecio.

—Claro que los hay, decenas de tipos como mi hijo...

Pregunten a los empleados del bar, ellos no tienen nada que esconder.

—¿Y su esposa? —preguntó el detective, removiendo de nuevo el barro—. ¿Dónde estaba?

Los tacones de la señora irrumpieron en el salón.

Llevaba un abrigo de piel marrón y unas medias tupidas que le cubrían las espinillas. El dulce perfume desvió la atención del séquito varonil que se reunía alrededor de la mesa.

—¿Qué es todo esto? —cuestionó, enfadada pero tranquila, mirando a los invitados—. ¿Qué está pasando en mi casa, Rafael? ¿Y esta gente?

—Yo, ya me iba… —dijo el detective.

Ledrado lo agarró por el brazo.

—Tú no vas a ninguna parte —respondió y se dirigió a la mujer—. Lamentamos la visita, señora Ortuño. Sin embargo, teníamos que hacerle unas preguntas a su marido sobre la noche en la que desapareció su hija.

—Mi marido estaba aquí —afirmó ella.

—¿Y usted? —interrogó el inspector.

Todos los presentes la miraron con atención.

—Llegué poco después de que saliera a buscar a Marcos. Marián, la sirvienta, lo puede probar —explicó, señalando a la cocina—. Trabaja de diez a diez y había terminado su turno cuando nos encontramos en las escaleras. Ella me lo contó todo.

Ledrado hizo una pausa y asintió.

—Está bien, gracias por su colaboración y disculpen las molestias —contestó, dando una palmada al aire—. Les llamaremos en cuanto avancemos con la investigación.

Cuando creyeron que todo había terminado, los ojos del detective chocaron con los Rafael Quintero, que lamentaba haberse cruzado en su camino. Después, Adriana Ortuño lo rozó y un chispazo eclipsó a los dos. Él sonrió en silencio, regalándole una mueca, y ella disimuló, como si eludiera su presencia.

Esa mujer había mentido delante de todos, meditó, y se preguntó por las razones que tendría para defender a su marido en una situación tan comprometida.

* * *

Al llegar a la calle, Maldonado se acercó al parabrisas de su coche y encontró dos tiques agarrados al cristal.

No era su día de suerte.

A sus pies vislumbró la sombra del inspector.

—No quiero que esto vuelva a suceder, ¿me entiendes? —preguntó, mirándolo con asco y pena. Berlanga esperaba atrás, a unos metros, para que no le alcanzaran las amenazas de Ledrado—. Es mi último aviso, Maldonado. Te doy mi palabra… Este ya no es tu trabajo. A partir de ahora, si quieres colaborar, debes contármelo a mí, pero no te acerques a la familia. ¿Te ha quedado claro o no?

—Como el agua del Manzanares.

—Lástima que ese hombre no haya querido denunciarte. Lo hubiese tenido muy fácil contigo.

—¿Has acabado? Tengo cosas que hacer.

Ledrado contempló el Volkswagen y no pudo sentir más lástima por el devenir de aquel hombre.

—Toma, esto es tuyo —dijo, entregándole el arma que le había requisado. Todo un detalle entre excompañeros, si no fuera porque el detective desconfiaba de él. Pensaba que, con su arma en las manos, tendría más posibilidades de meterse en un problema—. Por cierto, el análisis de balística indica que la bala es de nueve milímetros.

—¿Y qué? —cuestionó, confundido y se sentó en el capó del vehículo—. Ni que me interesara...

—Ya lo creo que sí. Espero no volver a cruzarme contigo, al menos, de esta manera —respondió el inspector y se dirigió a sus hombres, moviendo el cuerpo con esos aires chulescos que parecían venir de serie—. Si tienes algo, ya sabes dónde localizarme.

Los agentes desaparecieron calle arriba en un coche patrulla. Berlanga, que había actuado como espectador durante todo el encuentro, se acercó a su amigo para consolarlo.

—¿Has oído eso? Será estúpido...

—Sí, lo sé, y también he visto la que has montado en cuestión de minutos —dijo y se sentó a su lado, apoyando el trasero en la chapa metálica del Golf—. Esto no puede seguir así, ¿tienes un cigarrillo?

Maldonado se palpó el bolsillo interior y sacó un paquete aplastado.

—¿Desde cuándo has vuelto a fumar?

—No lo he hecho —respondió, lo prendió y le dio una calada. Después exhaló el humo hacia arriba—. Sea lo que sea aquello que te come por dentro, debes ponerlo a un lado y seguir con tu vida, Javier. Has cruzado la línea roja.

—¿Me vas a pegar otro sermón? Dime que tú también crees que esos dos esconden algo.

—¿Quiénes? ¿Quintero y su mujer?

—Por supuesto. No hace falta ser un genio para saber que Adriana Ortuño tiene comprada a la sirvienta, pero eso el inspector lo desconoce.

—Dime una cosa, ¿qué es lo que sabes, Javier? —preguntó el amigo, mirándolo con interés—. ¿Por qué tanto empeño?

Maldonado pegó una fuerte calada y tiró el humo por la nariz. Después accedió a la pregunta de su compañero.

—Nadie merece morir por saber más de la cuenta, Miguel —respondió, acariciando cada palabra antes de dejarla marchar por su boca—. Esa chica descubrió algo que la mató. ¿El qué? No tengo la más remota idea, pero nadie se atrevió a hacerle más daño, una vez muerta. Y eso es extraño. Tú lo sabes porque lo has visto conmigo. Puede que Andrea Quintero se encontrara en el lugar equivocado esa noche. Quizá no. Puede que pagando con su vida, salvara la estabilidad de otros... No lo sé, pero tampoco quieren que lo sepamos. Todos mienten.

Berlanga, meditabundo, atendió a la explicación, apagó la colilla en el suelo con el zapato y se puso en pie.

—Será mejor que me vaya a casa —comentó y comprobó la hora—. Dije que iría para comer y mira qué horas son... Cuídate, Javier. Esta vez, va en serio.

—¿Quieres que te acerque?

—No, gracias —respondió y divisó la calle de Serrano—. Cogeré un taxi allí.

Maldonado esperó unos segundos.

—¿Puedo preguntarte algo, Miguel? —cuestionó y el compañero se giró—. ¿Por qué renunciaste? Eras tan bueno como yo, éramos los mejores haciendo nuestro trabajo. Nos divertíamos.

—Tú lo has dicho —dijo y expulsó un amargo y nostálgico suspiro—, pero hay que saber cuándo retirarse... Nada es para siempre.

27

Viernes.
Día 5.

Mentiras.
 Más mentiras.
 Un horizonte plagado de tinieblas.

El desafortunado encuentro en la residencia de los Quintero no lo desanimó. El caso se volvía más oscuro, pero aquello le daba motivos suficientes para avanzar con su investigación. Era consciente de que, a partir de ahora, Ledrado lo estaría vigilando como un ave rapaz, atento a cualquier error que cometiera para darle la estocada final.

Arrugó los tiques de multa y los hizo una bola de papel que tiró en el interior del vehículo. La tarde madrileña se volvía fría y densa, apagándose poco a poco. Había sido un día más largo de lo esperado y con un desenlace inesperado.

Arrancó el Golf y puso dirección al centro de la ciudad.

Junto a la calle de Hortaleza, la fachada del antiguo edificio del Círculo Mercantil resplandecía con elegancia en pleno corazón madrileño. Paró en la puerta y dos hombres de blanco se acercaron al vehículo.

—No puede aparcar aquí —dijo uno de ellos—. Es sólo para clientes del casino.

—¿Tratan así a todos los que tienen intención de gastar su dinero? —cuestionó, malhumorado, apagó el motor y bajó del coche. El hombre, más alto que él y calvo como una bola de billar, lo observó expectante. Maldonado le ofreció las llaves del vehículo—. No se deje influir por las apariencias.

—Disculpe el malentendido, señor. Me encargaré de su vehículo.

Antes de que cogiera el llavero, el detective lo retiró.

—¿Sabrá manejarlo?

—Soy uno de los aparcacoches del casino. Me dedico a ello.

—Esto es un clásico. Lo sabe, ¿verdad?

El empleado arqueó una ceja.

—Pregunte por él cuando termine.

—¿A dónde lo lleva?

—¿Usted qué cree? Al garaje del hotel.

El hombre entró en el Golf, sorprendido por la chatarra que conducía el detective, y lo puso en marcha.

—Lleve cuidado con la marcha atrás —indicó—. A veces se atasca.

«Idiota...».

Un glamoroso edificio de los años 20, un palacete declarado parte del Patrimonio Histórico del país. Cuatro mil quinientos metros cuadrados distribuidos en tres alturas, quinientos empleados, seguridad por doquier y una máxima común tanto para propietarios como para visitantes: ganar dinero.

Pagó los diez euros mínimos de entrada, prestó su documento de identidad para que lo registraran y cruzó el vestíbulo principal. El interior del inmenso patio que llevaba a las diferentes salas, lo eclipsó. No estaba acostumbrado a moverse por lugares como aquel. Si las instalaciones del Palace eran sorprendentes, las del casino no tenían nada que envidiar.

Los largos pasillos y los porticados con columnas de piedra y capiteles pintados con pan de oro creaban un aura de elegancia y poderío, que agasajaban a los clientes para que se sintieran adinerados.

Allí dentro no existía la casualidad, pensó.

Nada se dejaba a la improvisación.

«Un buen truco para seguir soñando mientras gastas el dinero que no tienes».

Repartidos en las diferentes plantas, el casino también albergaba un hotel, un restaurante y una sala de exposiciones. El juego y la comodidad iban de la mano en un entorno propicio para que los clientes prolongaran su estancia.

Estudió las instalaciones con precaución. Cámaras de seguridad por todas las esquinas y hombres trajeados con pinganillos que mantenían el bienestar de los clientes. No le sería tarea fácil dar con el paradero de Marcos Quintero, si es que estaba allí, pensó, así que optó por dar un vistazo y merodear un poco, antes de que uno de esos guardianes de pernera ancha lo mandara de vuelta a la calle.

Lo que estaba a punto de hacer, era como buscar una aguja en un pajar.

Subió al Salón Real, una estancia de más de doscientos cincuenta metros cuadrados, con cuatro ventanales enormes, tres entradas y varios frescos en el techo. Todo ello protegido como objeto de Patrimonio Nacional, debido al pedazo de historia que albergaba el edificio. Un lugar propio de novela de espías por el que habían pasado aristócratas, y donde ahora se cobijaba a ludópatas y pendencieros dispuestos a quemar sus cuentas en la Ruleta Americana y el Black Jack.

Echó un vistazo por las mesas, a medida que avanzaba al otro extremo del salón. Encontró de todo. La cara amable la formaban jóvenes hermosas acompañadas de hombres maduros y con porte, así como señoras elegantes agasajadas por jovencitos de gimnasio. Todos mantenían un aura de misterio y diversión. Todos lo pasaban en grande en aquel baile de disfraces. El lado más oscuro lo componían las víctimas del vicio, en su mayoría varones, aunque también encontró a más de una mujer. Sus miradas eran diferentes, grises, desnudas por la codicia, las ansias por acercase al premio y el deseo de romper con la vida que llevaban.

Junto a una mesa de Ruleta Americana, vislumbró una presencia que se parecía a la de Marcos Quintero. Guardaba un gran parecido a su padre, sobre todo en la postura corporal, así como en los rasgos faciales y en la pronunciada frente que parecía una pista de aterrizaje. Quintero iba elegantemente vestido para la ocasión, con una americana azul marino y una camisa blanca. También estaba acompañado de una joven morena que lo agarraba del brazo y le llegaba a los hombros.

Decidió aproximarse, a sabiendas de que no podría interrumpir, cuando un barman se le acercó para ofrecerle una consumición. Maldonado se giró y miró a la bandeja de aluminio.

—¿Desea tomar algo, señor? Cava español, champaña francesa...

—¿No tienes algo más normal? No sé, ¿una cerveza?

El barman negó con la cabeza.

—Para eso, tendrá que ir al bar.

El detective rechistó con un gesto de miradas y accedió a coger una copa de cava.

27

—¿Has visto a ese hombre antes? —preguntó, señaló con la vista y dio un sorbo a la copa. Las burbujas le refrescaron la boca—. El alto que está con la morena en la ruleta.

—Sí, claro. Es cliente habitual del casino.

—¿Apuesta mucho?

El barman tartamudeó con timidez.

—Lo siento, pero no puedo hablar sobre los clientes.

Maldonado echó mano a la billetera y sacó veinte euros.

—Sólo quiero saber contra quién me juego el dinero, nada más —comentó, insistente—. Vosotros lo veis todo.

Reticente, el camarero guardó la propina con discreción.

—Está aquí siempre. Combina la ruleta con el Black Jack, pero no se le da muy bien...

—¿Tiene muchas deudas?

—Lo desconozco, señor... pero le recomiendo que juegue contra él. Saldrá ganando.

—Gracias. Eso es lo que quería oír.

El empleado desapareció para atender a otros clientes. Maldonado se fijó en los ojos del joven Quintero. Reconoció a un jugador empedernido. Dedujo que no era un buen momento para abordarlo con su cuestionario sobre la familia.

Se tomó la bebida y sintió una necesidad urgente de ir al baño. Iba a explotar con tanto líquido.

Abandonó el Salón Real y buscó los baños del casino en los laterales del atrio. Accedió a la zona de caballeros y le sorprendió la pulcritud del mármol y la elegancia de los urinarios. Nunca había hecho sus necesidades entre tanto lujo. De pie y en sus cosas, oyó una puerta que se cerraba. No recordó haber visto a nadie cuando entró. Se apresuró, tiró de la cisterna y aguardó unos segundos en silencio. Las pisadas eran sólidas e iban en una dirección. El ruido despertó su atención, activando sus defensas. Dos zapatos de color burdeos se detuvieron al otro lado.

El peor de los augurios se hizo realidad.

Uno.
Dos.
Tres.

Esperó a que la presencia se marchara.

No tenía intenciones de hacerlo.

Cuatro.
Cinco.
Seis.

La manivela de la puerta comenzó a girar.

Desprevenido, no encontró manera de protegerse en aquel cubículo.

En el instante en el que la puerta se desplazó hacia dentro, Maldonado se abalanzó sobre ella para empujar a su agresor. El impacto sonó en el interior de los baños. Fue entonces cuando vio su rostro. Era uno de los hombres de negro que lo había seguido antes de su encuentro con el reportero. Ahora estaba allí, delante de él, sin ganas de dialogar y con ánimos de terminar el trabajo.

Rápido, dado el tamaño de aquel tipo, se dejó llevar por el instinto de supervivencia y lo golpeó con una fuerte patada en la rodilla.

El crujido le llegó en los tímpanos.

El hombre se lamentó, sin llegar a gritar, y le devolvió un golpe que Maldonado esquivó milagrosamente. Después lo empujó hacia atrás y el grandullón tropezó con el mármol de los lavabos. El detective se agachó y lo remató con un gancho en la barbilla, antes de que se recompusiera. Sintió el choque de nudillos como si los aplastara contra un ladrillo. Un puñetazo certero que lo apartó de su camino.

—¡Serás cabrón! —exclamó el sabueso, viendo al extraño recostado sobre el lavabo.

Uno.
Dos.
Tenía que desaparecer de allí.
Pero la impotencia era incontrolable.

Maldonado lo despidió con una sacudida de gracia, asestándole un último codazo en la sien, que lo desequilibró por completo.

Tres.
Cuatro.
Suspiró, retomando la compostura.
Lamentó no disponer de tiempo para sacarle respuestas.

Alterado, abandonó los baños y se apresuró hacia la salida del edificio.

28

El aparcacoches le devolvió el Golf, dejando una estela a colonia barata en el interior de la carrocería. Salió del Centro, bajando por la Gran Vía, aún nervioso por el encontronazo y embelesado por las luces de neón de la calle. Atravesó la Plaza de España para llegar a la calle de Cadarso, luego giró, dejando atrás la cuesta de San Vicente, y continuó una hilera de edificios hasta alcanzar el cruce que conectaba con la salida del túnel de Pintor Rosales.

Aquella fortuita pelea, le cambió los planes. Todavía tenía que digerir lo que había visto y sentido, pero debía calmarse primero.

A medida que se acercaba a su domicilio, comenzó a sentirse más seguro.

Le gustaba su barrio, el arropo de los bajos del Templo de Debod, a pesar de la oscuridad de la noche y de la escasa vida que habitaba por allí a esas horas.

Por la calle de Arriaza pasaron dos vehículos de la policía que se incorporaron a la cuesta de San Vicente. Un sentimiento extraño le recorrió el cuerpo. Lo que antes significaba una presencia cómplice, ahora lo veía como el enemigo.

Aparcar a esas horas era un ejercicio de fortuna.

Aminoró la velocidad, en busca de un hueco en el que dejar

el coche. La tienda de ultramarinos de la calle de Ilustración seguía abierta, como también lo hacía el bar de la esquina. Un poco de normalidad entre tanto desconcierto no venía mal, pensó.

Al pasar por delante de su portal, avistó una silueta que reconoció. Detuvo el vehículo y bajó la ventanilla.

Cecilia tocaba sin éxito el timbre de su apartamento.

Se cuestionó qué se le había perdido allí, en lugar de estar entre los brazos de su amante. Ella reconoció el motor del vehículo y se aproximó.

—¿Dónde estabas? He intentado localizarte por todos los modos posibles y no había manera.

—Resolviendo las vidas de otros —contestó, desairado—. Sube, anda.

Ella se guardó los comentarios sobre la suciedad del vehículo y le dio un beso en la mejilla a modo de disculpa. El investigador comprendió que iba en son de paz.

«Tengamos la fiesta tranquila, aunque sea por una noche», reflexionó, haciendo de tripas, corazón.

Aparcó a escasos metros de allí, en la perpendicular que subía, y descendieron la calle con paso tranquilo y silencioso.

—¿Has avanzado con el caso de esa chica? —preguntó ella, rompiendo el hielo. Su entusiasmo era tan auténtico como una moneda de plástico.

—Más o menos. ¿De verdad te interesa?

—Me importas tú, Javier —respondió y le agarró la mano con firmeza. Él vaciló en soltarla, pero recordó lo mucho que añoraba el calor de esa mujer—. Estoy preocupada por ti.

—Ya —dijo, sacó las llaves y abrió el pesado portal del edificio. Subieron las escaleras y cruzaron el pasillo—. ¿Tienes hambre?

—No, no mucha. ¿Y tú?

—Todavía no lo sé, aunque me temo que tendremos que pedir algo a domicilio.

—No importa. Haremos lo que te apetezca.

Tanta complacencia mosqueó al detective.

Cuando llegaron a la primera planta, sintió un mal augurio. Introdujo la llave y le dio una vuelta.

Algo no iba bien. Él siempre giraba dos veces.

Puso atención en el cerrojo y descubrió unas muescas en él. En un acto reflejo, sacó el arma de la cintura y la empuñó.

—Échate a un lado.

—¿Qué ocurre? —preguntó, desconcertada.

—He dicho que te apartes.

Cecilia obedeció y se alejó de la entrada.

Maldonado empujó la puerta con suavidad hasta que vislumbró el oscuro interior de la vivienda. Sin desviar el cañón, buscó el interruptor de la luz con la mano y entonces lamentó no haber llegado antes.

* * *

Encontró el escueto apartamento revuelto, de patas arriba, en un estado catastrófico. Habían entrado, desvalijándolo todo, en busca de pruebas que no encontrarían.

Lo primero que vio fue la televisión destrozada contra los azulejos. Almohadones de sofá rajados. La estantería de madera tumbada. Una montaña de viejos libros y discos compactos repartidos por el suelo.

—Mierda… —protestó al ver que la cocina americana no había corrido mejor suerte.

Se aseguró de que estuvieran solos. Comprobó los dos dormitorios y encendió las luces del resto del apartamento.

Un absoluto desastre.

La vivienda había sido inspeccionada de arriba a abajo, dejando un desorden que tardaría semanas en organizar. Cuando la mujer entró en el piso, no pudo contener el pavor.

—Pero, Javier, qué es esto…

—Lo puedes ver tú misma —dijo él, contemplando su alrededor, comprobando que, a pesar de todo, el cuarto de baño seguía intacto—. Me cago en mi calavera…

—Tenemos que llamar a la policía. Hay que denunciarlo.

—¡Ja! Ni hablar.

Ella accedió al dormitorio principal. Los muelles del colchón sobresalían de la espuma y las tablas del somier estaban rotas y astilladas.

—¡Madre mía! ¿Cómo es posible? —preguntó, histérica—. ¿Quién es tan bárbaro para hacer algo así?

Maldonado tenía la respuesta y un par de candidatos.

Estaba seguro de que habían sido ellos, los hombres que intentaron cazarlo durante la mañana.

Por suerte, el destrozo de la propiedad no logró alterarlo, aunque tampoco lo tranquilizó. Estaba demasiado cansado como para preocuparse por un montón de trastos viejos que no significaban nada. La vivienda no era de su propiedad y el casero la tenía asegurada.

Le reconfortó pensar que había puesto nervioso a alguien, y que esa persona buscaba la manera de borrar las evidencias que había dejado tras el asesinato de Andrea. Esa fue la reacción.

Lo iban a tener complicado, se dijo.

La única prueba útil que existía, ahora estaba en manos de

Ledrado.

—Será mejor que te marches, Cecilia.

—¡No! No pienso dejarte solo. ¿Y si vuelven? Vamos a mi casa y llamaré a la policía, Javier. Este lugar no es seguro para ti.

—¡Cálmate, por Dios! —exclamó y el silencio los distanció. El detective reculó, sintiéndose culpable por tratarla de esa manera—. No lo harán y no iré a ninguna parte. Aquí no hay nada que les interese. Creo que les ha quedado claro.

—¿Que me calme? ¿Cómo, Javier?

El detective nunca tuvo respuesta para esa pregunta.

Ella lo abrazó, en un gesto de compasión y miedo.

El perfume lo desestabilizó, haciéndole olvidar todos los males y ayudándole a recordar que cualquier tiempo pasado fue mejor, al menos, en su caso.

No quería que ella estuviera allí, pero tampoco deseaba que se marchara. Los sentimientos del investigador se mezclaron en una confusa nube de redención y fragilidad. Cecilia era su debilidad.

Agarrados con la fuerza de dos paracaidistas en plena caída, sus ojos se encontraron, encendiendo una llama entre los escombros, acercando sus labios como hacía tiempo que no se acariciaban, fundiéndose en un intenso beso que despertó la pasión en sus cuerpos.

29

Sábado.
Día 6.

Cuando despertó, no quedaba rastro de ella.

Cecilia se había marchado, dejando una nota imantada en la nevera y un dulce aroma de mujer por toda la casa.

La luz de la calle entraba por la ventana del salón. Después de varios días, el sol había logrado despejar el cielo.

Le dolía todo el cuerpo, a causa del sexo y de la incomodidad que producía dormir en el sofá. Durante unos segundos, echó de menos el calor del cuerpo de esa mujer, el tacto de su piel y la dulzura de sus caricias. Comprendió que no era una buena idea continuar lamiéndose las heridas. Se deshizo de la manta y caminó entre los escombros hasta la cocina.

«Tenía que salir. No quería despertarte. Te llamaré más tarde. Besos».

Dejó la nota pegada en el electrodoméstico, como si fuera un tótem que le permitía mantener la fe en ella, una ilusión perdida que no lograría recuperar. Lo que había sucedido entre ellos la noche anterior, no volvería a repetirse, señaló para sus adentros. Cecilia se había dejado llevar por los sentimientos de culpa y de pena que sintió hacia él. Una confusión emocional que duraría horas en su corazón, hasta que llegara a su casa, se mirara al espejo y entendiera que había sido un desacierto.

Recordó que cada mañana era otro comienzo y esa mujer no iba a tropezar de nuevo en el mismo error.

* * *

Tras una larga ducha de agua caliente, organizó el desorden y salió de su domicilio con el arma en la cintura. Puede que Ledrado confiara en su insensatez, pero no estaba dispuesto a caminar por la vida con la espalda al descubierto.

El sol le dio de bruces cuando abandonó el edificio. Pegó un vistazo a la calle y observó la tranquilidad mundana de una jornada de trabajo hasta que llegó a la esquina.

En un rincón, junto a un estanco, sospechó de un Seat León gris que encendió el motor con su presencia. Tanteó que serían policías y no le hizo ninguna gracia que estuvieran vigilándolo.

Se acercó al vehículo y los saludó con la mano.

El copiloto bajó la ventanilla.

—¿Todo bien, agentes? —preguntó Maldonado, con una sonrisa jocosa. Los hombres no esperaron su reacción—. Voy de camino a la oficina, pero a estas horas hay un tráfico del infierno. Estaré allí toda la mañana.

Los agentes no respondieron.

Maldonado no esperó más de ellos.

Tan pronto como les dio la espalda para encarar su camino a la Plaza de España, el coche se puso en movimiento y salió disparado hacia el semáforo.

29

A la altura de la Gran Vía, el Seat León se había difuminado en un tráfico de fin de semana que congestionaba el centro de la ciudad.

No vaciló de que volvería a verlos.

Se detuvo en el quiosco que había frente al Teatro Coliseum y echó un vistazo a las portadas de los periódicos.

—Si quiere leer, también lo puede comprar... que no es de muestra.

El detective levantó la vista y decidió no discutir.

No quería arruinar la mañana de un sábado tan brillante.

—Hay que joderse... —murmuró, agarró el ejemplar y le entregó las monedas.

Avanzó unos metros y se detuvo en la puerta de un hotel. Abrió el diario y, concentrado, buscó la sección de sucesos para asegurarse de que ese Romero no se había excedido con sus palabras.

Pero la mañana no pudo comenzar de peor manera:

Una desgracia.

Un error que pudo evitar.

Un sentimiento de culpa que no se marcharía de su cuerpo en mucho tiempo.

Esa mañana de sábado, la noticia era él.

30

La noticia lo consternó.

Estaba cabreado, fuera de sí.

Se sintió responsable por lo sucedido.

Abrió la puerta de un golpe y entró en la oficina. La secretaria brincó de la silla a causa del susto.

—¡Javier, por Dios!

—¿Has leído las noticias? —preguntó, exaltado, mostrándole la página del periódico.

—Casi me matas...

—¿Las has leído o no?

—¡No! ¿Qué diablos te pasa?

—Maldita sea, Marla... —dijo y le lanzó el diario.

Esa mañana, David Romero era el protagonista, pero no el autor del suceso. El titular informaba de la brutal agresión que el periodista había sufrido la noche anterior mientras regresaba a su domicilio. Cuando la policía lo encontró tirado en la vía pública, los servicios de Urgencias lo trasladaron al hospital. Romero seguía ingresado en estado crítico.

—Madre mía, esto es horrible... ¿Tiene algo que ver contigo?

Él dio un respingo.

—Lo desconozco.

30

Pero era una verdad a medias. Él lo había mandado al Palace para que siguiera los pasos de Adriana Ortuño y su abogado. El reportero ignoraba dónde se metía y él no le advirtió.

Seguramente esa paliza llevara su nombre.

La respuesta fue inminente.

—¡Javier! Tengo que hablar contigo. Es importante.

—Ahora no tengo tiempo, Marla.

—Nunca tienes tiempo.

Maldonado agarró de nuevo el diario y señaló al titular.

—Le han dado una jodida paliza.

—¡Javier! —exclamó, elevando el tono de voz, muy enfadada. Él nunca la había visto de esa manera con él—. Estoy harta, de verdad... Nunca estás, nunca sé dónde te metes... Entras y sales, sin dar explicaciones, sin prestarme ni un segundo de tu atención... A veces me siento atrapada en esta maldita oficina.

El detective suspiró, plegó el periódico y lo dejó sobre el escritorio.

—Ya sabías qué clase de trabajo es este.

—Tienes razón —dijo y se puso en pie. Agarró el bolso y el abrigo del perchero—. Por eso mismo, me largo de aquí. Te quedas tú, tu oficina, tu caso y toda la mierda que te rodea. Yo no lo soporto más.

Antes de que diera un paso hacia la puerta, Maldonado la sujetó por el hombro.

Ella vaciló un segundo, después se apartó.

—Espera, no te marches...

—Me lo estás poniendo muy difícil.

—Vamos, siéntate. Te explico —dijo, dirigiéndola de regreso al escritorio. Ella accedió, dejó sus pertenencias sobre la mesa y se sentó—. Verás, Marla... Han sucedido demasiadas cosas en las últimas horas y he perdido los estribos. Te debo una disculpa.

Los ojos de la chica infundían temor, pero no era hacia él.

Marla experimentaba un miedo que no había visto antes en ella.

—No hace falta que lo jures... —respondió, perdonando la actuación de su jefe—. Aquí también han sucedido algunos episodios extraños en tu ausencia, pero no había manera de localizarte.

—¿Cómo de raros? —interrogó, afectado—. Vamos, habla.

—Ayer vinieron dos hombres preguntando por ti —confesó y miró hacia la pared—. Dijeron que eran inspectores de Hacienda, pero no los creí. No tenían la apariencia de los funcionarios del Estado. Lo supe en cuanto vi los brazos de uno de ellos y me fijé en los tatuajes que le llegaban a la mano.

—¿Te tocaron?

—Daban miedo. Algo me dijo que no venían con buenas intenciones.

—Déjame adivinar... —comentó y se rascó la barba—. Eran altos, fuertes y con abrigos de cuero negro. Estilo portero de discoteca.

—Sí.

—¿Españoles?

—También.

—¿Dijeron algo más?

—No, nada más... Estudiaron la oficina y se marcharon —contestó. Su rostro se encogió—. ¿En qué andas metido para no poder contármelo? Si llegas a estar aquí en ese momento...

—Me habrían partido las costillas.

—Me horrorizo de pensarlo.

—Lo sé, Marla, lo sé... —dijo él y miró hacia la puerta de su escritorio. Estaba cerrada. Reflexionó y se alegró de que no hubiese sido más que una advertencia. Esos hombres podrían haber cometido una brutalidad, dejando a Marla entubada en una cama igual que a Romero. Por desgracia, ahora conocían la existencia de la secretaria—. Verás, ayer por la mañana me siguieron de camino a mi encuentro con el periodista… Logré darles esquinazo en Malasaña, pero se ve que averiguaron mi dirección. Cuando regresé a casa, habían dejado el piso como un estercolero. Romero no tuvo tanta suerte.

Los ojos cristalinos de Marla lo observaban con desasosiego.

—¿Se lo has contado a tu amigo Berlanga?

—No, y es mejor así. Ledrado lo tiene contra las cuerdas —comentó, avergonzado—. Ayer cometí un error y dudo que tenga interés en echarme otro cable.

—¿Qué clase de equivocación?

Suspiró.

De nuevo, la ansiedad de perder el control de la situación le hacía frente. Necesitaba un cigarrillo, pero se había impuesto la norma de fumar allí dentro. De algún modo, sentía la obligación de confesarle la verdad a Marla, aunque eso la pusiera en peligro.

Lo último que deseaba era perjudicarla.

Pero no aguantaba más cargando en silencio con todo aquello.

—Después de darle varias vueltas al móvil del crimen, tenía la certeza de que el asesino de esa chica era alguien de su entorno —explicó y volvió a llenar los pulmones de oxígeno—. Partí de que Andrea había sido encontrada sin vida, sin lesiones y con una bala en la cabeza… Romero me informó de que Quintero y su hijo eran miembros de un club de tiro… Así que me presenté en su domicilio para pedirles explicaciones.

—¿En qué pensabas? Ni siquiera ha vuelto a llamar…

—Sí, lo sé. Fui muy descuidado —replicó y continuó—. Quería respuestas. Llevamos casi una semana con esto…

—Tienes unos métodos de razonar muy ortodoxos.

—¡No nos cogía el maldito teléfono, Marla!

—Esa no excusa. Así no puedes ganarte la confianza de nadie.

—No era mi intención —aclaró—. Durante la discusión, descubrí que Rafael Quintero estaba protegiendo a su hijo, por lo que sospeché que Marcos Quintero tenía todas las papeletas para ser nuestro hombre… pero me equivoqué.

—¿Cómo puedes ir tan confiado por la vida?

Maldonado dio un respingo. Necesitaba ese cigarrillo con urgencia.

Aguantó un poco más.

—Los cuatro tienen coartada —contestó con incredulidad—, incluyendo al novio de la chica. Sea cierto o no lo que dicen, Rafael Quintero no fue la última persona que se reunió con Andrea, ni tampoco quien la mató. Esa noche Quintero acudió al casino de la Gran Vía para sacar a su hijo de allí. Y entiendo que no miente. Había cámaras y testigos.

—¿Y la esposa?

—Se cruzó con la empleada de la casa, poco después de que el marido saliera —aclaró y chasqueó la lengua—. Pero lo cierto es que esa mujer tiene una doble coartada. La empleada dirá lo que ella le indique, si no quiere perder su trabajo. Además, es imposible que lo hiciera ella.

—No me digas que esa mujer te ha camelado…

—En otra vida, quizá… pero no es el caso. Envié a Romero al Palace para que espiara a la esposa y al abogado, el hombre alto y con gafas que estuvo aquí. Supongo que lo sorprendieron y tuvieron un enfrentamiento, pero me temo que la zurra se la dieron más tarde los mismos que vinieron a verme.

—No me imagino a ese tipo peleándose de esa manera... con lo estirado que es.

—Por eso mismo.

Ella lo miró con misericordia y él se dio cuenta de ello.

—¿Tú estás bien? —preguntó con la voz quebrada. A Marla le desgarraba el corazón ver al detective con aquella expresión.

—Sí, creo que sí —contestó, meditabundo—. Mi casa está hecha un Cristo, mi pareja me pone los cuernos con otro... además, dos desconocidos intentan romperme los dientes, he perdido la poca credibilidad que me quedaba, quedando como un payaso de feria delante de Ledrado y, para más inri, estoy sin blanca... —respondió, fijándose en los hermosos y brillantes ojos de la secretaria—, pero estoy bien... No me mires así, por favor. Ya tengo suficiente con Cecilia.

—Hablando de ella —comentó, abriendo la agenda que había en su escritorio—. Ayer llamó cinco veces. Parecía alterada. No sabía cómo localizarte.

—Lo hizo. Cuando quiere, encuentra la manera.

—¿Has vuelto con ella?

—¿Y tanto interés?

El timbre de la oficina sonó.

Rápido, Maldonado se giró, empuñó la pistola y le indicó a Marla que guardara silencio. Se aproximó a la puerta y comprobó por la mirilla quién llamaba.

—¿Sí? —preguntó, al ver a una mujer vestida de azul y amarillo con un carro lleno de paquetes.

—Correos. ¿Señor Maldonado?

Suspiró, guardó el arma en la cintura y abrió unos centímetros. La mujer lo observó confundida. De un vistazo, el detective estudió las escaleras y se aseguró de que no fuera una trampa. Después abrió por completo.

—Sí, soy yo.

—Esto es para usted —dijo, entregándole un sobre amarillo de burbujas. Maldonado asintió, dispuesto a cerrar, cuando la mujer lo detuvo—. Espere, espere, tengo otra cosa más…

«No me creo que las multas lleguen tan rápido…».

—Es un burofax a su nombre, ¿desea recibirlo?

—Si es a mi nombre, ¿por qué no iba a hacerlo?

—Está en su derecho.

Le dictó el número del DNI y cogió el sobre sellado de color blanco.

—No me gustan los burofaxes —comentó, rasgando la tira de seguridad y cerró la puerta—. Significan malas noticias.

Y no estaba equivocado.

Beltrán Mirete, a través de su bufete de abogados, informaba de la denuncia que había puesto a MALDONADO DETECTIVES por acoso, intimidación y vejaciones hacia su persona. Paró de leer y dejó la carta en la papelera.

—Este tío es imbécil —comentó en voz alta y palpó el segundo sobre. En la parte trasera no había remitente—. ¿Has comprado algo por Internet?

—No. No estoy esperando nada.

—Yo tampoco.

El detective lo pesó con la mano, lo agitó e intuyó que era muy pequeño para contener un explosivo casero. Con extremo cuidado, tiró de la fina cinta de adhesivo rojo, abrió la solapa y dejó caer el contenido sobre el escritorio. La pieza de plástico provocó un ruido hueco. Marla sujetó el objeto con los dedos.

—Es una memoria USB.

—Puede que tenga más años que tú, pero aún sé lo que es

eso —señaló—. Comprueba que hay en él.

—¿En mi ordenador? ¿Por qué no en el tuyo?

—Porque poseo información sensible —replicó— Si es un virus, se cargará todo el sistema. No quiero correr ese riesgo.

—¿Temes que descubran tu colección de fotos de modelos? ¿Y qué pasa conmigo? Me ha llevado semanas organizar todos los ficheros que tenías en papel.

—No hay discusión que valga, conéctalo.

Insatisfecha, Marla conectó el dispositivo al ordenador. Éste lo detectó y la memoria portátil apareció en el escritorio.

—¿Has visto cómo no era para tanto? —comentó él, acercándose por detrás, colocando su cuerpo tras el respaldo de la silla de la secretaria. No tardó en notar lo agradable que era el olor a champú que desprendía su cabello. Una carpeta con el nombre de MALDONADO apareció en el interior del sistema de almacenamiento. Él la miró de nuevo desde un plano cenital. La melena de Marla brillaba. Tampoco entendió cómo no se había fijado antes en esas manos tan finas y delicadas, como si estuvieran hechas para tocar un piano de los que valían una millonada de euros—. ¿A qué esperas? Abre la carpeta.

—Ya voy, ya voy... —respondió ella y pulsó dos veces el botón izquierdo del ratón.

Encontraron un despliegue de fotografías con fecha del día anterior. Por las miniaturas que aparecían en la vista previa, el detective auguró el contenido de los archivos—. Oh, Dios mío...

Sin duda, David Romero había ido más allá de lo que él fue capaz en un primer intento, descubriendo una pista que el detective pasó por alto aquella tarde en el Palace.

Lamentó haberse dejado engañar con un truco tan viejo y

tan sencillo.

El exceso de confianza lo llevó a actuar como un aficionado.

—Esto es lo que buscaban.

No podían esperar a que despertara del coma para que les contara lo que había sucedido.

Por desgracia, el tiempo jugaba en contra del detective y de su secretaria.

31

Diez documentos gráficos revelaban el motivo de Adriana Ortuño para reunirse cada tarde impar del calendario en el Palace.

Borrosas, sin demasiada luz y tomadas con el teléfono móvil, David Romero cazó a la esposa de Quintero besándose con el abogado.

Un detalle que no sorprendió al detective, si no fuera porque no era el único que aparecía en las fotos.

Una ráfaga de capturas. Un momento incómodo en el hall de hotel. El dedo de la secretaria movió el ratón.

—Pasa —ordenó.

Más imágenes. Ahora la mujer aparecía en un pasillo de una planta del hotel, rodeada de puertas blancas de habitaciones. Fotografías borrosas, con mucho ruido.

—Pasa.

Click, golpe de ratón. Una secuencia de imágenes.

—Detente ahí —señaló.

Una foto. El mismo pasillo. Una puerta.

Adriana Ortuño aparecía entrando en una de las habitaciones. El detalle era pobre y todo lo que se podía apreciar era el zapato negro de un hombre.

—Esto sí que no me lo esperaba —murmuró el detective—.

¿Puedes ver el número de la planta?

Marla movió el ratón y amplió la imagen.

—La calidad es pésima. Apenas hay luz y se pixela.

Maldonado pidió que regresara a las fotografías anteriores. Sus ojos se movían arriba y abajo a toda velocidad. Un detalle. Eso era lo que buscaba. Un pequeño detalle que revelara más información.

—Esta era la razón... —comentó, sentándose sobre el sillón de los invitados y frotándose los ojos—. Los recibos de las bebidas, las citas a la misma hora y en el mismo... Todo era una trampa, un acertijo, un callejón sin salida.

—¿Cómo dices?

—Sí. Esa mujer confesó que yo era el tercer detective que lo intentaba —recordó con desaire—. Los otros dos nunca descubrieron lo que sucedía en la habitación del hotel... por eso desistieron.

—Y esa es la causa por la que Quintero te contrató —continuó ella—. Ya estaba al corriente de sus citas con el abogado, antes de que solicitara tus servicios. Le importaba esto.

—El hombre de la habitación —dijo él.

—Siento lástima por ese letrado. Lo está usando a su antojo.

—Él está ciegamente enamorado...

—Capaz de hacer cualquier cosa por ella —añadió Marla.

—¿Como protegerla?

—O inventar pruebas que culpen al marido de la muerte de su hija.

—Pero, si estas imágenes se hacen públicas, poco podrá defender...

—Todavía no han visto la luz.

—Interesante, Marla... —dijo y miró de lado a la secretaria. Ella apoyaba la barbilla sobre las manos y clavaba los codos en el escritorio. Lo observaba con quien mira a su oponente durante una intensa partida de ajedrez. Había infravalorado su talento—. ¿Estás pensando en lo mismo que yo?

—Depende de lo retorcida que sea tu mente.

Maldonado extrajo la memoria USB y la guardó en el interior de su abrigo.

—Yo me quedaré esto —dijo y se puso en pie—. Debo ir al Casino Gran Vía. Creo saber a quién pertenecen esos zapatos.

—¡Está bien, vayamos! —respondió ella, agarrando su abrigo.

—No, no, no... tengo otra tarea para ti —señaló—. Localizarás donde se encuentra ingresado Romero, irás y esperarás a que despierte.

La secretaria lo miró con rechazo.

—Al hospital, como una enfermera... Perfecto.

—No me pongas esa cara, anda —reprochó—. Él vio a ese hombre, sabe qué aspecto tiene. Es el único de nosotros tres que conoce su identidad.

—No es justo, Javier. ¿Y si no despierta? —cuestionó, reprobando la orden—. Me dejas el trabajo sucio y te quedas tan tranquilo. Déjame ir contigo, te prometo que no te defraudaré. Después iremos al hospital.

—Marla, ¿en cuántas investigaciones has trabajado? —preguntó el detective, sin la intención de ofenderla. Ella se cruzó de brazos—, pues hazme caso, carajo... No soy omnipresente. Ve al hospital y espera a que despierte o diga cualquier cosa.

—Está bien. ¿Y qué vas a hacer tú en ese casino?

Maldonado se acercó a la ventana que daba a la Gran Vía. Miró hacia la calle y localizó el Seat León de los agentes. Después sonrió.

—Comprobaré la coartada de Rafael Quintero, encontraré

a su hijo y me aseguraré de que responde a mis preguntas —contestó, recordando los problemas de adicción del muchacho. Los adictos eran su especialidad—. Ahí abajo tengo a dos policías vigilándome… Así que no dispondré de mucho tiempo.

Ella desconfió de sus palabras.

—Prométeme que no te meterás en más líos.

Él abrió la puerta y se despidió.

—Llámame cuando sepas algo.

32

Cuando salió a la calle, el coche seguía aparcado en doble fila.

Su primer pensamiento fue el casino. No las tenía todas consigo.

Caminó por la Gran Vía en dirección a la plaza de Cibeles. Tal y como imaginó, el vehículo se puso en marcha para seguir sus pasos.

«Veamos de lo que sois capaces, polluelos...».

Pensó en Marla, en el empeño que ponía y en lo mucho que le costaba a él manifestar su agradecimiento. La secretaria tenía madera para llegar lejos en su carrera, pero no podía permitirse el lujo de poner su integridad en peligro de nuevo. Rezó para que el periodista despertara en algún momento, delante de ella. A Maldonado le costaba desprenderse de las imágenes que Romero les había entregado.

El casino se encontraba a la altura de la parada de metro de Gran Vía. Esta vez no se movía en coche, así que pensó en utilizar el transporte público para despistarlos, pero descartó la opción en cuanto recordó que la parada seguía en obras desde hacía más de un año, como tantas cosas en aquella ciudad. Un taxi tampoco lo ayudaría.

La única alternativa era modificar la trayectoria, dando una vuelta considerable hasta llegar al edificio, callejeando por los alrededores para complicar la vigilancia.

Eso los entretendría un buen rato.

Bajó por la plaza del Callao, sumergiéndose en la muchedumbre que transitaba a esas horas por una de las zonas más congestionadas de la ciudad. Tiendas y más tiendas. Escaparates luminosos para captar la atención de los anónimos que pasaban por allí a esas horas. Ruido, furgones de los municipales, músicos callejeros que ambientaban las calzadas a cambio de unas monedas. Mendigos, vendedores ambulantes. Olor a freiduría, a churros y a empanadas. Olor castizo, a carne asada y a tortilla de patatas. Aroma español. A medida que bajaba hacia la Puerta del Sol, las franquicias de café y de comida rápida sustituían a los viejos establecimientos que habían dado vida a las calles durante las décadas pasadas. Los tiempos cambiaban, reflexionó. Madrid se transformaba en una metrópolis que, pese a todo, se resistía a perder su carácter castizo. Con cada metro recorrido, la situación empeoraba. La gran manzana tecnológica mostraba su omnipotencia en un gran edificio de cristal, frente al colorido luminoso del Tío Pepe, que alumbraba en lo alto de un edificio. Hordas humanas salían y entraban por las bocas de metro de la estación a toda prisa, como si sus vidas dependieran del último tren. Un caos organizado del que disfrutaban los carteristas, los bailarines y los comerciales callejeros que colgaban de sus pechos un cartel de reclamo.

El detective se asfixió al sumergirse en una marea lenta y pesada que no le permitía avanzar. Se abrió paso entre la gente, buscando el hueco que lo sacara de allí, hasta que una mano lo alcanzó por detrás.

—¡Compro oro! ¡Compro oro! —gritó el hombre que tenía

32

a su espalda.

—¡Quita, coño! —bramó, empujándolo hacia un lado.

—¡No se ponga así, amigo! —exclamó el tipo, extrañado, indiferente—. ¡Compro oro!

Avanzó unos metros, buscando la salida por la calle Montera.

Otro empujón indeseado lo puso más nervioso.

Uno.
Dos.
Suspiró.
Se estaba hartando.
Un golpecito más y ese vendedor tendría que pagarse un dentista.

—¡Compro oro!

Se giró por enésima vez, vio cómo el tipo se alejaba de su camino, y sus hombros tropezaron con otra persona que venía hacia él.

Confundido, se puso en alerta al chocar con algo tan robusto como un muro de cemento.

Las miradas provocaron un cortocircuito en el aire. El más corpulento de los dos matones estaba a escasos centímetros de sus pies.

Se fijó en las mangas del abrigo, en los tatuajes que salían de éstas.

Maldonado tomó aire, estudió el entorno, apretó los puños y se abalanzó hacia atrás.

Un cabezazo inesperado. Un golpe frontal contra la sien de aquel hombre. Un disparo en la diana. Eso era lo que debía propinarle.

Hizo un cálculo rápido, hasta que vio las manos de aquel tipo, enormes como las de un gorila, acercándose a su cuello.

Uno.
Dos.
Actúa.

El grandullón intentó atraparlo con los brazos, pero Maldonado se agachó en medio de la multitud, esquivando la maniobra, y le asestó un puñetazo directo a la entrepierna.

—¡Compro oro! —gritó aquel vendedor en algún rincón de la plaza.

El contrincante se retorció del dolor durante unos segundos, un margen de tiempo suficiente para que Maldonado se beneficiara del caos y lo empujara contra la marea humana.

El bullicio aumentó, formando una nube de ruido ininteligible que se contaminaba con el hilo musical de los centros comerciales, las sirenas de la policía y las guitarras que se oían por los amplificadores de los músicos.

El detective no se detuvo y caminó con paso firme calle arriba y sin mirar atrás. No debía llamar la atención. Por su paso, un furgón municipal y cinco agentes custodiaban la calle y la comisaría de la Policía Local. En la distancia, advirtió un aviso por radio que alertó al Cuerpo de lo sucedido varios metros más abajo. Bajó la guardia, redujo la velocidad y se alejó de ellos hasta encontrar la primera bocacalle. El oscuro callejón de las Aduanas era uno de esos atajos de baldosas en pleno corazón madrileño, vacío, sin vida, oscuro y desconfiado. Un salvoconducto que poca gente se atrevía a utilizar cuando caía el sol.

Salió de allí alterado por el incidente, agitado por la sorpresa

32

y consciente de que caminaba con la muerte en los talones, hasta que vio de nuevo la Gran Vía.

Un soplo de aire caliente de autobuses y gases contaminantes lo devolvió a la realidad.

Dio un vistazo a su alrededor y respiró tranquilo. No había rastro del cazador, ni tampoco de los policías.

Esperó a que el semáforo cambiara de color.

Se fijó en los balcones, en los rótulos que colgaban de las terrazas de los hoteles, en las colas que la gente hacía para entrar en algún lugar de moda.

Sábado noche. Vida y más vida hasta que el sol dictara el final.

La luz del semáforo cambió de color.

A lo lejos, alguien celebraba una fiesta en Museo Chicote.

Después cruzó la calle y entró en el casino.

33

Uno.
Dos.
Gana la banca.
Perdemos todos.

Maldonado cruzó la hermosa entrada y llegó a la recepción. Allí presentó su documento de identidad y un billete de diez euros para pagar la cuota diaria.

—Bienvenido de nuevo, señor Maldonado —dijo el empleado de la entrada, custodiado por dos tipos trajeados de aspecto semejante a los que le seguían—. Que disfrute la estancia.

El detective asintió, guardó su carné y se dirigió hacia el interior con una idea en la cabeza.

Con la tranquilidad de un cliente habitual, tomó las enormes escaleras de mármol que lo llevaban a la primera planta, donde se encontraba la coctelería del casino. Empezaría por allí. Los adictos no sólo juegan, sino que también beben, reflexionó, y ese muchacho no sería capaz de aguantar una noche en la ruleta sin pasar por el abrevadero.

Las baldosas de color blanco y negro le indicaron la entrada.

33

Las luces de neón azul iluminaban el interior del bar, dotándolo de sordidez. Una barra redonda y rodeada de taburetes acolchados emulaba las viejas coctelerías de antaño. Sin embargo, el juego de luces y la clientela que por allí asomaba, le dio la impresión de que estaba en el interior de un burdel. Y no iba mal encaminado.

La búsqueda terminó antes de lo previsto, cuando avistó un rostro familiar apoyado en uno de los taburetes. Vestido con americana azul y camisa blanca, Marcos Quintero se bebía el enésimo cóctel, levantando la copa de cristal triangular como si se fuera a derretir. A su lado, una muchacha pálida de mirada pícara y piernas trabajadas, se acercaba a sus brazos para que sintiera el tacto del ajustado y brillante vestido de lentejuelas negras.

Ligar en un casino tampoco era fruto del azar.

El olfato policial del sabueso reconocía a una profesional en la distancia.

Pensó que le costaría mucho deshacerse de ella.

* * *

Se acercó a la barra, la miró y chasqueó los dedos para que se largara. Con elegancia y sutileza, la mujer reconoció al expolicía por sus maneras y le regaló una sonrisa desleal sin oponer resistencia. La sutil reacción advirtió al detective de la limitación de tiempo de la que disponía. La meretriz no tardaría en avisar a la seguridad para recuperar al cliente.

—Pon dos más —dijo al barman, aproximándose a su hombre y señalando a la copa vacía.

Los ojos de Quintero tenían el brillo de la embriaguez y la tristeza. El muchacho miró a su acompañante extrañado por su presencia.

—Gracias, pero estoy bien acompañado.

Maldonado se acercó un poco más, aunque sin excederse. Respetar el espacio vital de la otra persona era importante para mantener la confianza.

—Ya lo veo, ya.

—¿De qué vas, tío?

—Un brindis por los perdedores —dijo, cuando el barman sirvió los cócteles—. Una mala tarde la tiene cualquiera… Las cartas no siempre juegan a nuestro favor.

Quintero meneó la cabeza, altivo e ignorando lo que había oído, y pegó un sorbo a la copa.

—Prefiero la ruleta —comentó, sin dirigirle la mirada—. La probabilidad de éxito no depende de terceros. Todo se reduce a la suerte.

«La típica frase de un ludópata».

—A la buena y a la mala, como en la vida, ¿verdad?

Incómodo, Quintero estiró el brazo para acomodarse la chaqueta, dejando a la vista un cardenal en la mano. La contusión no pasó desapercibida a los ojos del detective.

—¿Qué te ha pasado ahí? Tiene mal aspecto.

El muchacho ocultó el golpe y se hartó de la conversación antes de lo esperado.

—Escucha, agradezco el trago, pero prefiero estar solo.

Maldonado reculó.

—Por supuesto. No pretendía molestar, sólo ser amable —dijo y acarició el cuello de cristal—. A mí tampoco me gustan los entrometidos… Vengo a jugar y a pasarlo bien, aunque a veces siento que por aquí escasean las viejas costumbres. Por mucho que los evite, no hago más que cruzarme con interesados. Te he visto con mala cara, eso es todo.

33

La empatía despertó en el sospechoso un ligero interés por la conversación.

—El secreto está en no mirarlos a los ojos —dijo él.

—Porque los ojos nunca mienten, ¿es así?

El chico ladeó la cabeza y miró al detective, pero estaba demasiado borracho como para leer sus intenciones.

—Eso es lo que habría dicho alguien muy cercano a mí. ¿Nos conocemos de algo?

—No, que yo sepa, aunque a veces me confunden con famosos. Debo de tener un rostro muy común. Mi nombre es Javier.

Se fijó en sus zapatos blancos. Un gusto pésimo, pensó. No eran los que buscaba.

—Puede que sea eso, Javier. No es tu primera vez, ¿cierto? Te vi el otro día por aquí.

—No soy un habitual—dijo y dio un trago. El chico tenía mejor gusto que la madre a la hora de beber—. ¿Qué diablos lleva esto?

Quintero sonrió.

—Whisky y vermú. Es un *manhattan*.

—Dos más y tendré el estómago como una lavadora. ¿No prefieres el whisky a secas?

Los ojos del chico se perdieron entre las sombras azules.

—Era la bebida favorita de mi hermana.

—Entiendo… —contestó y esperó unos segundos—. ¿Qué le ocurrió, un accidente?

Una cuestión a destiempo bastó para ponerlo en guardia. A pesar de la embriaguez, Quintero logró enderezar la espalda.

—Preguntas demasiado, no quiero hablar de ello.

—Disculpa.

—¿A qué te dedicas?

Maldonado aguantó la respiración unos segundos.

«Di algo creíble».

—Soy médico.

El chico lo inspeccionó.

—No tienes pinta de médico. ¿Cuál es tu especialidad?

«Menos mal que no le gustan las preguntas...».

—De familia —contestó, recordando aquella vieja serie de televisión. El muchacho se jactó con una fuerte carcajada, pero Maldonado mantuvo el temple y fingió su enfado—. Es un trabajo como otro cualquiera. No necesito llevar una bata blanca las veinticuatro horas para justificarme.

—Interesante argumento.

El detective dio un respingo.

Ese chico le estaba tocando las narices con su insolencia.

—Prefiero pasar desapercibido.

—Para guardar las apariencias.

—No tengo que demostrar nada a nadie —contestó, tajante—. A estas alturas de mi vida, he visto de todo y no me impresionan los decorados. Las apariencias no son más que un puñado de mentiras con las que nos sentimos arropados.

—Ya veo... Un ejercicio diario de engaños frente al espejo para convencernos de que lo estamos haciendo bien y así sentirnos aceptados por los demás.

—No vas mal encaminado.

—En eso debo darte la razón —dijo Quintero y aguardó unos segundos en silencio—. ¿Por qué juegas?

Aquel giro le llegó desprevenido.

—Como todos, para ganar dinero.

Pero su justificación no logró convencer al interlocutor.

Marcos Quintero terminó la copa de un trago y la dejó sobre la barra, dispuesto a marcharse.

—Permíteme que me haga cargo de la cuenta —dijo, con voz amable—. Aquí nadie viene a lucrarse. Todos sabemos que es la banca quien gana.

—No —rechazó—. Yo invito, yo pago.

El muchacho se rio de su orgullo.

—Espero que tengas una noche fructífera, Javier.

—Al menos, espera a que termine el *manhattan*. Beber en soledad me deprime.

La presencia del detective comenzaba a incomodarle.

—Es tarde.

—La noche acaba de empezar. Disfruta el momento, muchacho. Nunca sabes cuándo la vida te prepara un giro... Si lo haces por esa monada de azul, he visto cómo te echaba el ojo... No le importará esperar un rato más. Estará ahí cuando la busques.

—No dispongo de tiempo para más banalidades —espetó—. Otra vez será. Hay algunos asuntos pendientes que requieren mi presencia.

Antes de que abandonara el lugar, el detective bajó un pie del taburete y puso la pierna para obstruir el paso.

Después se levantó.

—Oye...

—¿Qué demonios haces?

—Espera, te invito a otra.

Los nervios del joven contagiaron al sabueso. No podía desaprovechar la oportunidad. Debía presionarlo un poco más.

—No quiero beber.

—Tengo que hablar contigo, chaval.

El segundo error catapultó su fracaso.

El muchacho lo empujó hacia un lado, pero él lo frenó,

sujetándolo por el pecho. El movimiento destapó su identidad, dejando a la vista el arma que llevaba en la cintura.

—¿Qué cojones? —preguntó con voz quebrada. Las manos le temblaban—. Te envía él, ¿verdad?

—Chico, baja el tono o nos van a echar de aquí.

—¡Suéltame! ¡Déjame en paz! —exclamó, llamando la atención de los clientes que les acompañaban—. ¡No me das miedo!

Marcos Quintero lo apartó con un brusco golpe, tirándolo contra la barra y abandonó el bar del casino. Confundido, Maldonado se incorporó del taburete e intentó seguirlo sin éxito. Estaba en un callejón sin salida.

Sin otorgarle el derecho a dar una explicación, las manos de los dos vigilantes lo agarraron del abrigo y lo arrastraron hacia la salida. La meretriz se despidió de él con la mano.

Los guardias de seguridad lo expulsaron del palacete por los peldaños de la entrada, sacándolo como un saco de basura y dejándolo a la vista de los peatones que pasaban por la calle.

—Sois unas bestias.

—No vuelvas por aquí —respondió uno de los hombres.

El detective se despidió con una peineta y se sacudió el abrigo. Por los bajos de la chaqueta divisó dos sombras que se acercaron a él.

—¿Va a alguna parte, detective? —preguntó una voz masculina.

—Joder... siempre en el momento oportuno —murmuró en voz alta y se giró. Los dos policías esperaban su respuesta bajo las luces de la Gran Vía. El teléfono móvil vibró en el interior del abrigo—. Vosotros dos, demonios... ¿No os cansáis de seguirme? Ya no puede uno ni pasar un rato de ocio.

—Corte el rollo, Maldonado —respondió el agente—. Le

hemos visto entrar y nos han avisado de un altercado en el interior. ¿Nos puede explicar qué hacía ahí dentro?

—Apostarlo todo a un color, ¿qué se os pasa por la cabeza? —preguntó, irritado, pero los hombres no respondieron—. Ya, no me digáis más. Probablemente, nada.

El aparato no cesaba de vibrar.

Intuyó quién lo llamaba, pero quería ganar tiempo para que esos dos no escucharan la conversación.

La melodía del aparato aumentaba a medida que sucedían los tonos.

—Le está sonando el teléfono. ¿No lo piensa coger?

—Debe de ser de otra persona.

—No, es el suyo —insistió el policía y señaló al bolsillo del Barbour—. Lo tiene ahí dentro.

Bajo coacción, metió la mano en el interior de la prenda y sacó el aparato.

En la pantalla aparecía el nombre de la secretaria.

—Dadme un segundo... —dijo, levantando el índice y atendió a la llamada, pensando que sería urgente, y se separó un metro de ellos—. Marla, ahora no puedo hablar... Te llamo en unos minutos.

La contestación lo paralizó.

—Vaya, vaya, Maldonado —contestó el inspector Ledrado con tono jocoso, al otro lado de la línea. El estómago del detective se cerró, provocándole un repentino y doloroso ardor en el esófago.

—Miserable...

—No sé por qué, pero tenía el presentimiento de que escucharía tu voz.

34

Sentado en la parte trasera del Seat León, los agentes lo llevaron hasta la comisaría de la calle de Leganitos. Asociar el nombre de Marla con la policía, no era una buena combinación, meditó preocupado, mientras miraba los focos de las fachadas que iluminaban la Gran Vía, como si aquello fuera el Broadway español.

—¡Marla! —exclamó, intranquilo, en cuanto la vio sentada en el interior del despacho del inspector—. ¿Estás bien? ¿Te han interrogado?

La secretaria negó con la cabeza.

Maldonado estudió su aspecto.

No tenía buena cara, pero tampoco parecía que le hubiesen dado un correctivo. Por su formar de mirar, los labios de la chica ocultaban un veneno que no quería dejar salir.

A escasos metros de ella, el inspector de policía disfrutaba de la escena con las manos sobre su escritorio, a la espera de una explicación.

—¿Ha sido parte de tu plan, Maldonado? —preguntó. El detective miró a la secretaria—. David Romero ha fallecido esta tarde y tu chica estaba metiendo las narices en una zona custodiada por la policía. ¿Cómo quieres que me lo tome?

Maldonado suspiró y se frotó la nariz.

De nada servían los reproches a esas horas.

—Para empezar, no es mía y tiene un nombre —señaló—. Marla trabaja para mí. Es mi secretaria.

Ledrado expulsó un soplido.

—Tu secretaria ha cometido un grave delito, estando donde no debía y haciendo lo que no podía. Dice que no lo sabía... Por desobediencia le pueden caer de seis meses a un año de cárcel. Entiendo que tampoco estaba al corriente de eso.

Marla se mostró indiferente, con el rostro más pálido de lo habitual y cruzada de piernas. Quería parecer impasible ante las amenazas, pero el inspector le estaba informando de la realidad.

—¿Habéis redactado el informe?

—Todavía no —dijo y entendió que Ledrado estaba dispuesto a negociar.

—¿Qué es lo que quieres?

El inspector se puso en pie, cerró la puerta para que nadie los escuchara y bajó el estor metálico para evitar más interrupciones. Después se frotó los ojos, agotado por el cansancio de las jornadas anteriores, y caviló en silencio por el despacho, generando una tensión insoportable, hasta que decidió hablar.

—No estás en posición de elegir —dijo, formando una pirámide con las manos unidas—, así que seré franco contigo por última vez... Este es mi último aviso. No te pido, más bien exijo que te alejes de la familia Quintero y de su entorno. ¿Me has escuchado bien?

—Te he oído, que no es poco.

—No te hagas el gracioso, Maldonado, no estoy de humor

—respondió, manteniendo el tono autoritario—. Estamos cerca de resolver el asesinato de la chica y no voy a permitir otra intromisión tuya.

—Las pruebas que tenéis son insuficientes —comentó con desasosiego.

Creyó que estaba tirándose un farol.

—Escucha, me he comportado como un buen compañero, evitando que mancharas el nombre del Cuerpo y la poca reputación que mantienes… He tenido paciencia contigo, aguantando tu insolencia, la puesta en escena y la vergüenza que nos has hecho pasar a todos… pero hoy has alcanzado el límite de mi generosidad —explicó, ignorando su interés—. Una cagada más, por muy insignificante que sea, y seré yo quien os denuncie. No me faltarán testigos ni pruebas.

El detective sospechó de la actitud del inspector, pero lo cierto era que Marla y él se encontraban en una situación límite.

Ledrado nunca había sido tan compasivo con nadie y menos con él. Era consciente de que podía meterlos a los dos en un calabozo y esperar sentado a que alguien pagara la fianza, si es que lograban encontrar a esa persona.

Pero estaba siendo benevolente con él, dándole un último aviso.

Creyó que jugaba a reemplazarlo allí dentro, actuando como si estuviera en sus zapatos, fingiendo ser el héroe, de cara al resto del Cuerpo, en una historia que le quedaba grande.

Ahora que el caso se había vuelto mediático, debía estar a la altura de las circunstancias.

—Está bien —contestó Maldonado, tirando la toalla—, ¿vas a seguir vigilándome?

—Haré lo que considere oportuno.

—Por supuesto, ¿algo más?

—Nada —dijo el inspector, levantando los hombros, esforzándose por ocultar una estúpida sonrisa victoriosa—. Que desaparezcas de mi vista y nos dejes hacer el trabajo de una vez.

Marla lo miró. No podía creer que su jefe se rindiera tan pronto.

—Así será. Me alejaré de todo lo que tenga que ver con esto... Es hora de marcharnos, Marla —comentó y puso la mano en el pomo de la puerta—. Suerte, inspector... La necesitará.

Cuando abrió, Ledrado carraspeó.

Uno.
Dos.

—Es una pena que el mejor policía de esta comisaría haya terminado así, convirtiéndose en una broma de sí mismo... —comentó, en la distancia, burlándose de sus pasos. El corazón de Maldonado se aceleró, aguantando la provocación—. No eres tan brillante como hiciste creer a todos.

La provocación no tardó en generar una respuesta.

El escozor de la piel recorrió los brazos del detective. El ritmo de la respiración aumentó, dilatando las pupilas, provocándole un calor húmedo que le emanaba de la espalda. La razón se diluyó, llevándose la cordura y abriendo paso a la rabia.

Era la ocasión, pensó, guiado por el odio incontrolable que sentía hacia ese hombre. Resultaba difícil controlar sus emociones en una ocasión tan clara como aquella. Lo tenía cerca y estaban a solas. Podía noquearlo con una fuerte sacudida. Deseaba pegarle bien fuerte en el rostro, destrozarle esa sonrisa de dentista para que nunca volviera a mirarse al espejo con las mismas ganas. Quería acabar con él, con su presente y con su futuro, dándole una lección que no olvidara nunca.

Tres.
Cuatro.
La fría mano de Marla le apretó los dedos.
Un grito estridente lo quemó por dentro.
Por ella, por él.
No pudo hacerlo.

El detective tiró del pomo con toda su fuerza, guiado por el enfado y salió de allí.

El estrépito sonó por toda la comisaría como si hubiera explotado un artefacto. La cerradura voló por los aires, dejando tornillos, piezas de metal y muelles por el suelo. Ledrado sonreía desde su escritorio, viendo cómo el investigador y su secretaria abandonaban el recinto.

35

Otra noche cerrada. Otro día que no deseaba regresar a casa. Los problemas aumentaban.

Habían cruzado las líneas rojas y esta vez no estaba solo. No podía permitir que ella pagara sus errores. Ya no recordaba cuándo había sido la última vez que dormía sin enfrentarse a sus demonios.

Sentado en la terraza de la Taberna Real, con la plaza de la Ópera de fondo, Maldonado daba tragos a un doble de cerveza que desaparecía por momentos. Miró por la ventana y observó la fachada del enorme edificio. Las luces de los taxis se fundían con el alumbrado público. A su alrededor, todo parecía suceder con normalidad, a excepción de los vagabundos que dormían entre cartones junto a la puerta de un viejo cine.

Pero en su interior ardía el volcán de la impotencia y la rabia.

Necesitaba algo más fuerte.

—¿Eso es lo que vas a hacer? —preguntó la chica, mirando una ración de croquetas de jamón, un pedazo de empanada gallega y un pincho de tortilla que ni siquiera había probado—.

¿Emborracharte como un desgraciado?

—Otra, por favor —pidió al camarero, levantando la mano—. ¿Se te ocurre algo mejor?

—Javier, hay algo que debes saber. Cuando he ido al hospital...

—Guárdatelo, Marla, de verdad. No quiero oír más de esta historia.

Se reservó las palabras. No quería escuchar lo que tenía que contarle.

Lamentó que ella lo viera de esa manera, pero no tenía intención de cambiar la trayectoria de sus actos esa noche.

—No puedes dejarte intimidar por lo que te ha dicho ese hombre. Casi caes en sus provocaciones, Javier. Tú eres más que eso.

—Tú qué sabrás lo que soy...

—Si te rindes, habrá ganado. Ese inspector no puede resolver el asesinato de esa chica sin ti. Sin embargo, tú no lo necesitas a él para hacerlo. Estamos cerca, Javier, cerca de llegar al final de esta historia. Si hicieras el esfuerzo de escucharme...

—¿Qué es lo que no quieres entender? —cuestionó, enfadado. Ella se echó hacia atrás—. Comprende la realidad de una maldita vez... Romero ha muerto por mi culpa, la policía nos está vigilando y nadie nos ha pedido nuestra colaboración. A veces, lo mejor es mirar hacia otro lado. Hemos llegado hasta aquí y Ledrado tiene razón. Fin, se acabó... No hay más que añadir.

A Marla se le cerró el estómago y lo acompañó en silencio, girando el rostro hacia la calle.

—Y desentenderte es la mejor opción...

—No me desentiendo, Marla. Esto no es una broma.

Llevamos una semana dando rodeos... Ya hemos molestado lo suficiente.

—Me cuesta creer que eches por tierra todo lo que has avanzado.

—Lo único que hago es apartarme.

—Algunas personas todavía confían en ti —insistió la secretaria—. Verás, cuando estaba en el hospital...

—Que no quiero saber nada de Romero, ni de lo que tienes pensado cortarme. Déjalo, por favor, ¿quieres? Me va a sentar mal la cerveza.

—Muy bien, Javier, están siendo muy maduro con la situación... No esperaba menos de ti.

—Come un poco, anda. Te hará bien.

—No tengo apetito.

Los ojos del detective se iluminaron.

La chica apartó el plato y se levantó del asiento.

—¿A dónde vas?

—A mi casa. No pienso quedarme aquí viendo cómo te destruyes.

—No te vayas, Marla. Deja que te acompañe.

Ella se rio con desprecio.

—Guárdate la galantería para otra ocasión —contestó—. Soy mayorcita para cuidarme.

—No bromeo —dijo él y dio otro trago.

—Supongo que este es el fin.

—Veo que lo vas entendiendo.

—¿Javier?

—¿Sí?

Él alzó la mirada, todavía enfocada como para que lo tomara en serio.

—El lunes iré al despacho para recoger mis cosas... Necesito encontrar un trabajo que me pague las facturas.

Estaba enfadada con él y era su manera de demostrarlo. Al detective no le gustó lo que escuchó, pero no iba a suplicarle que se quedara.

—Muy bien, chica. Lo entiendo a la perfección, nadie te ata ese escritorio...

—En ocasiones, eres un completo imbécil.

Cuando la secretaria fue a dejar un billete sobre la mesa, él la detuvo con un gesto de manos.

Ella asintió y salió del local.

«Tiene razón la chica. Eres un imbécil, Maldonado».

36

Sin rumbo alguno y con el dinero que le quedaba del adelanto, la noche le abría un sinfín de posibilidades para lamerse las heridas. El centro de la ciudad se rendía a sus pies.

Se perdió por la calle Mayor, vagando como un corazón roto hasta llegar al Barrio de Las Letras. Como un literato acabado, visitó sus bares favoritos hasta que lo invitaron a marcharse. Tomó varias cervezas en La Dolores, después pasó por El Diario y de regreso a casa, terminó en Casa Paco, una típica taberna madrileña de madera roja y recuerdos entre sus paredes. Tras varias consumiciones, discutió con uno de los camareros y lo invitaron a marcharse.

Se encontró solitario en la Plaza de la Puerta Cerrada, a escasos metros de la Plaza Mayor y con algo de calderilla en el bolsillo. Estaba desatado. El cuerpo le pedía más. Otra copa, otra excusa para apaciguar los demonios. Bajó por la calle de Segovia y llegó a la puerta de un lúgubre sótano que aún tenía las luces encendidas.

Todo hombre solitario tenía un bar en el que esconderse cuando la vida lo dejaba sin aliento.

El San Román nunca fallaba.

Quince metros cuadrados rodeados de polvorientas botellas

y una barra lateral con forma de uve. Vicente era el guardián de la noche, un singular almeriense con entradas, patillas de bandolero, pelo canoso y pocas ganas de conversar con los clientes. En bucle, una televisión a todo volumen reproducía cintas de vídeo en blanco y negro con grabaciones caseras de Enrique Morente, Camarón o Tomatito. El gerente hacía palmas a la música, una velada más de la media vida que llevaba allí dentro.

Pasada la medianoche, el bar se encontraba vacío, a excepción de un grupo de treintañeras que tomaban vino y queso en un rincón del local. Aquel tugurio no se llenaría hasta más tarde, cuando los bares de copas cerraran y los díscolos jóvenes de la noche madrileña buscaran un reducto en el que agotar las últimas horas antes del amanecer.

El propietario lo reconoció al entrar.

—Un DYC —dijo el detective, mirando a la televisión.

—¿Con cola?

—Con hielo.

Maldonado contempló los cubos de hielo en el interior del vaso de tubo y el chorro de whisky que cubrió hasta la mitad. La última y te vas, se dijo. Después lo agarró y le pegó un trago. El alcohol le quemó la garganta, provocando un efecto perturbador en su cuerpo. El encuentro con Ledrado lo desmoralizó por completo. Ese cabrón tenía razón, pensó. Se había convertido en una broma de mal gusto, en alguien ridículo e impredecible. La mente ebria le pasó factura, despertando a los fantasmas del pasado. Primero él, su carrera, después la relación con Cecilia y su amistad con Berlanga y, para rematar, Marla, la única persona que había creído en su persona hasta la desesperación.

Culpable, entendió que les había fallado a todos, uno a uno, agotando la paciencia y la esperanza de que un día volviera a ser el mismo de antes. Pero el pasado era irreversible. Todo lo sucedido tras abandonar el Cuerpo, no había sido más que la consecuencia de las malas decisiones. Un desenlace previsible guiado por un orgullo que le impedía aceptar la realidad, una verdad que dolía hasta hacerlo sangrar por dentro.

Se creyó mejor que el resto, capaz de hacerlo solo, desestimando las sugerencias de su amigo para que trabajara en una agencia, y decidió montar su propia oficina, demostrando que no necesitaba ayuda para renacer de las cenizas. Qué equivocado estaba, lamentó, agotando las últimas gotas del destilado segoviano.

En un golpe bajo de moral, reconoció que su éxito nunca habría sido posible sin la ayuda de terceros, de Berlanga, de su equipo y de todas las personas del Cuerpo que le hacían el trabajo más fácil. Una carrera de triunfos, a costa de los demás, por la que nunca se sintió agradecido.

Las tinieblas de la grandeza nublaron su juicio y lo volvieron desafiante, omnipotente, ajeno a las leyes y a los límites del poder. Sin él, el Cuerpo fracasaría, pensaba.

Pero lo tuvo que arruinar todo con un simple acto. Después de semanas de investigación a la caza de un depredador sexual con más de quince víctimas en su expediente, lograron entrar en su domicilio, detenerlo y ponerlo a disposición de los tribunales. Llevaba años lidiando con sus problemas de agresividad. Una incontinencia que, sin tratamiento, tarde o temprano le pasaría factura. Traumas del pasado, decían, pero nunca los llegó a creer. El origen era otro. La injusticia le quemaba por dentro. De pequeño había sufrido las amenazas de los abusones de la calle, como testigo y como víctima, sin hacer nada al respecto. Por eso decidió ingresar en el Cuerpo, para que todos pagaran por las vidas marcadas que nunca pudieron defenderse. Se escudó en el trabajo, creyendo que así moderaría su odio.

Un breve intercambio de palabras con el acusado desató la ansiedad acumulada de esos días. Fuera de sí, Maldonado le respondió con los puños hasta romperle cada uno de los huesos de la cara, dejándolo irreconocible.

Aquel fue su último caso.

Al violador le rebajaron la condena tras una negociación turbia con la policía para que no denunciara.

Maldonado pasó de ser el número uno al último de la lista y Asuntos Internos preparó los papeles para que renunciara a su puesto.

Mareado, aunque capaz de caminar, pagó la consumición y abandonó el bar. Respirar un poco de aire fresco le sentaría bien.

Bajó la calle de Segovia acompañado de una bruma nocturna que tapaba la Catedral de la Almudena. Al llegar al cruce del viaducto, no pudo evitar mirar hacia la calle de Bailén y recordar el mal trago que había pasado allí, imaginando cómo Cecilia retozaba con ese hombre en el sofá de su apartamento.

Preguntas y más preguntas.

Respuestas que no quería escuchar, pero que tampoco le dejaban dormir.

Tan sólo quería escucharlo salir de su boca. Ver el rostro de la traición, aunque fuera por última vez.

No era una buena idea en ese estado, a esas horas, a plena luz de la luna.

«No lo hagas, Javier. Márchate a casa».

El hormigueo le subió por las piernas hasta el pecho.

Sacó el teléfono del bolsillo y buscó el número de la mujer

en la agenda.

Uno.

Dos.

A lo lejos vio el resplandor de uno de los ventanales.

Suspiró.

La mano le ardía.

Los dedos apretaban el aparato con saña.

Uno.

Dos.

«Cógelo, por el amor de Dios».

Marcó el número, escuchó un tono y la llamada se cortó.

El dolor le ganó la partida y la corazonada lo arrastró sin razón directo al edificio.

La calle estaba vacía, los bares habían cerrado y los faros traseros del camión de la basura se perdían en el paseo de los Melancólicos. La última copa fue el detonante para que la madrugada le impidiera razonar. Embravecido, daba cada paso moviendo los pies como una apisonadora.

—¡Cecilia! ¡Cecilia! —gritó a pleno pulmón, encarando la ventana—. ¡Sé que estás ahí, Cecilia! ¡Tengo que hablar contigo!

Las primeras luces de las fachadas contiguas se encendieron.

—¡Vete a dormir, borracho! —respondió un anónimo desde algún lugar de la calle—. ¡Voy a llamar a la policía!

—¡Cecilia! ¡Cecilia! —exclamó, dejándose la voz en cada llamado—. ¡Es importante! ¡Necesito hablar contigo!

De pronto, una ventana se abrió y ella asomó la cabeza.

—¡Márchate, Javier! ¡Estás borracho!

El rostro del investigador se iluminó.

—Baja, te lo suplico. Necesito que me lo cuentes...

Ella negó con la cabeza, bajo la presión de las miradas de los vecinos que curioseaban la escena.

—De verdad, Javier, no tengo nada que hablar contigo. Vete a casa, por favor. Estás montando una escena.

Maldonado sabía que no la recuperaría jamás, porque el amor, como las brasas, se consume y no vuelve, y lo que deja son cenizas del recuerdo de algo que ardió y murió en el último suspiro.

—Pero, Cecilia... —murmuró, mirando hacia la ventana, cuando la puerta del edificio se abrió. El hombre alto y de traje, ahora vestía unos vaqueros y una camisa bien planchada de color azul cielo. De cerca, comprendió que era más guapo, más alto, más estiloso y más fuerte que él, pero también más rico, más serio y mejor persona.

En un acto de impotencia, el amante hizo un ademán de abalanzarse para asustarlo.

El detective dio un paso atrás.

—No te metas donde no te llaman, idiota.

—Tú eres el policía, ¿no? —preguntó con altanería—. Lárgate de aquí. Estás molestando a los vecinos.

—¿Me vas a echar tú, listillo? Quiero hablar con ella, no contigo —dijo y se balanceó unos centímetros, perdiendo el equilibrio—. ¡Cecilia!

La mano del hombre le alcanzó la cara, propinándole un bofetón que no pudo esquivar. La palmada retumbó en las paredes de la calzada. El picor le disparó el flujo sanguíneo por los mofletes.

Dolorido y en un estado lamentable, el detective se protegió el rostro y retrocedió otro poco. Alterado, desenfundó el arma y apuntó al amante.

36

Un grito de terror contaminó el silencio.

La cara del desconocido empalideció.

—¿Ahora qué, gilipollas?

El hombre levantó las manos y caminó hacia atrás para regresar al edificio.

—Guarda eso, tío. No hagas ninguna estupidez.

—¡Javier! ¡Para, por favor!

Pero las súplicas de esa mujer no sirvieron de nada.

No lo hizo por ella, ni tampoco por el cobarde que se había excedido en su papel de héroe. Lo hizo por él y por el odio que se tenía cuando se convertía en la persona que no era, pero en quien todos confiaban que acabaría siendo. Recordó el momento cuando Ledrado le devolvió el arma. No le iba a dar el placer de verlo cavando su propia tumba.

Guardó la pistola en el cinturón e hizo un gesto para asustar al hombre. Éste corrió hacia el portal y cerró con un fuerte golpe.

Maldonado levantó la vista y encontró el rostro vacío y aterrado de la mujer a la que tanto había amado un día.

Bajo las estrellas, sus ojos eran los de una desconocida.

—Adiós, Cecilia —dijo, se ajustó el cuello del Barbour y se perdió en la bruma que nublaba el puente.

* * *

El paseo alivió la pesada borrachera, aunque se sentía deshidratado. Una fuerte jaqueca se pronunció en lo alto de su cabeza. Soñó con una ducha caliente, con un baño que duraría horas. El alcohol aún hacía estragos en su cuerpo, recordándole el despecho hacia esa mujer. Haciendo justicia al nombre de la calle en la que vivía, las baldosas ilustraban la figura de un hombre derrotado, de un ser humano que lo había perdido todo a causa de la insensatez, de un lobo, más solitario si cabía, que había fallado a las pocas personas que creían en él.

Llegó a su domicilio, metió la llave y sintió que la puerta se atascaba. Miró al suelo y descubrió que había un sobre blanco entorpeciendo el paso.

Lo sacó con torpeza y entró en el apartamento.

El desastre del interior le recordó lo desordenada que estaba su vida. En momentos como ese, Maldonado sólo quería dormir y evadirse de la realidad.

Pero el contenido de la carta lo detuvo en su camino hacia el baño.

Del sobre, extrajo una nota escrita a bolígrafo y dos fotografías en blanco y negro. Reconoció la caligrafía. La había visto durante años firmando los informes.

«Demonios, Berlanga, qué es esto…».

Una de las fotografías mostraba al matón que lo había seguido hasta la Puerta del Sol.

Leyó el primer párrafo de la nota.

«El hombre que te atacó es Cristóbal Briones, guardia jurado y empleado de Rock Corp S.L., una empresa que ofrece servicios de seguridad para urbanizaciones privadas en diferentes áreas de la ciudad como Majadahonda, Pozuelo o La Moraleja. También trabajan con clientes privados, embajadas y lugares de ocio en los que puede haber ocasión de altercado o peligro».

Comprobó la segunda fotografía. Pertenecía a una de las cámaras de tráfico que controlaban el tránsito de la Gran Vía.

36

La captura había sido tomada en el semáforo que había frente a la entrada del casino.

A pesar de la baja calidad de la imagen, reconoció los rostros de Andrea Quintero, su hermano y Borja Montenegro. La fecha de la imagen era de las once horas y veinticinco minutos de la noche.

Acto seguido, leyó el párrafo que continuaba.

«Quintero nos mintió. Esa noche no llevó a su hijo de vuelta a casa. Las dos últimas personas que vieron a Andrea viva fueron ellos. Sospecho que intenta protegerlo y también protegerse a sí mismo».

Al final de la nota había una dirección.

«La empleada del hogar calla más de lo que dice porque está bajo presión. Se encuentra en situación irregular y cobra en negro. El turno es de diez a diez y viaja en metro, así que la encontrarás en la parada de Cuatro Caminos».

Había subestimado su amistad con el inspector Berlanga.

Terminó el contenido de la carta.

«Tu secretaria me habló del abogado de Ortuño, Beltrán Mirete. ¿Adivinas para quién trabaja su bufete? Rock Corp S.L. Son especialistas en negligencias laborales y asuntos fiscales. Tengo la impresión de que no llegó a ella de casualidad».

El contenido del sobre marcaba un punto de inflexión en la investigación. Se preguntó cómo lo habría hecho para estar al corriente de las sospechas que él tenía, y también cuándo Marla y él habrían hablado sin su consentimiento. A pesar de las apariencias, ahora sabía que el amigo había seguido sus pasos de cerca.

No conseguía entender la razón que lo llevó a comportarse así con él, pero tenía la certeza de que podía solucionar aquel caso.

37

Domingo.
Día 7.

Una noche horrible, llena de pesadillas y taquicardias a causa de los estragos en su cuerpo y el vaivén emocional que había sufrido tras las últimas noticias. Vueltas y más vueltas en el sofá, buscando una respuesta a las preguntas que cruzaban su cabeza como proyectiles.

Uno de los dos hombres había matado a la chica. Pero no tenía pruebas, ni razones suficientes para demostrarlo.

Se levantó del sofá, antes de que el sol saliera, y tomó una ducha de agua helada para despejarse. Cuando se miró frente al espejo, comprobó que tenía la cara hinchada debido al alcohol y al bofetón que el amante de Cecilia le había propinado la noche anterior.

No era para preocuparse, pensó.

Después caminó hacia el salón y observó la calle por la ventana.

Ni rastro de esos dos.

Una vez vestido, preparó café y revisó la documentación que Berlanga le había facilitado. Esperó a las siete de la mañana y descolgó el teléfono de su domicilio.

37

—¿Diga? —preguntó Marla, somnolienta. La llamada la despertó.

—Espabila, hoy puede ser un gran día.

—Es domingo, Javier. ¿Sigues bebido?

—Escucha, Marla, siento lo de ayer —dijo, con las fotografías delante—. Me gustaría hablar contigo y disculparme por mi comportamiento. Fui un cretino y no estuvo bien el trato que recibiste.

—Gracias... ¿No había otra hora para llamar?

—Me urgía.

—Son las siete, ¿podemos hablar más tarde?

—No. Te recogeré en mi coche.

—De verdad, que no te entiendo... —contestó la chica, mosqueada por el interés del hombre.

—Tengo una sorpresa para ti.

* * *

Tras varios días de invierno gris y frío, el sol había logrado una tregua con el cielo y los rayos se abrían paso entre las nubes, como el viejo bólido del detective en los carriles de la avenida.

A las ocho y media, el Volkswagen llegó a la glorieta de Cuatro Caminos y esperó en la primera salida que continuaba por la larga calle de Bravo Murillo. Cada mañana, en la plaza se formaba una interesante mezcolanza de caras y rostros que iban en diferentes direcciones y terminaban separándose por una línea invisible que limitaba Tetuán con Chamberí.

Las torres de oficinas de los Nuevos Ministerios vigilaban el tránsito de la rotonda. Maldonado estaba nervioso, expectante por lo que esa jornada le traería. Le había dado tantas vueltas al caso que comenzaba a confundir los detalles. Después de tocar fondo, ahora sólo le quedaba retirarse o seguir la pista que su compañero le había chivado. Aunque un día antes, esa idea le había rondado por la cabeza, rendirse nunca había sido lo suyo.

Con un brazo apoyado en la ventanilla, amenizaba la espera escuchando las canciones de Los Rodríguez. Miró por el espejo retrovisor, buscando la silueta de la secretaria y sacó un cigarrillo para hacer la espera más amena.

Unas delgadas piernas enfundadas en vaqueros de tela negra se acercaron al vehículo. Marla asomó la cabeza por la ventana del acompañante. Maldonado sujetó el cigarrillo, bajó el volumen de la radio y la invitó a entrar.

Ella accedió y meneó la mano para abanicar el humo del interior.

—¿De verdad? ¿Andrés Calamaro?

—No todo iba a ser malo en mí...

—Es una cuestión de gustos...

Luego se fijó en su rostro y en el apenas apreciable cardenal que le había dejado el amante de Cecilia.

—No me me mires así —contestó y volvió a mirar por el retrovisor, para no perder detalle de la calzada—. Ha sido un accidente.

—No pienso preguntarte qué clase de accidente. Ya eres mayorcito.

—Un golpe contra la puerta.

—¿Qué haces aquí, Javier?

La pregunta provocó una sonrisa en el rostro del detective. Le gustaba pensar que la suerte ahora jugaba de su parte.

—Siempre me dices que no te incluyo en mis planes, que nunca vas a aprender porque no te dejo participar...

—Eso es cierto.

—Bien, pues hoy es el día, Marla. Tu primera prueba de campo.

—¿Cómo dices?

—Sí, ya me has oído —respondió y volvió a mirar a la calle. Después comprobó el reloj del coche—. Ayer recibí una información que lo cambia todo. He decidido retomar la investigación y averiguar de una vez quién mató a esa chica.

Las rodillas de Marla se movieron como las de una niña pequeña antes de recibir un regalo. La secretaria intentó ocultar la emoción, agarrándose de las manos.

—Fue Berlanga, ¿verdad?

La pregunta lo confundió.

—¿Cómo lo sabías?

—Porque eres un zoquete y no me escuchas nunca —reprochó ella—. Ayer, mientras ahogabas tus penas en cerveza, intenté decírtelo varias veces.

—No sé por qué, pero me lo imaginaba...

—Me crucé con él en la entrada del hospital, poco antes de que David Romero falleciera y Ledrado me encontrara merodeando por la habitación...

—Es que tú, también... Bueno, ¿y qué te dijo?

—Que lleváramos cuidado... Tenías razón. El inspector Ledrado no logra reunir pruebas suficientes para demostrar que Marcos Quintero mató a su hermana. No hay rastro del vehículo que usaron para trasladar el cuerpo, ni tampoco restos de ADN del asesino en el cadáver.

—¿Por qué Quintero? No estamos seguros de que lo hiciera él.

—Pero Ledrado tiene que encontrar un culpable y pronto. El caso se ha vuelto mediático a raíz de la muerte de David

Romero y cada día que pasa, la policía pierde credibilidad. Todas sus pruebas apuntan a que fue el hermano quien la mató. Tiene problemas emocionales, de actitud y con el juego. Además, la relación con su hermana no era la mejor, a pesar de lo que te hayan contado los familiares. Andrea Quintero no era el ángel que nos han vendido, sino una chica consentida, con un fuerte carácter y, de remate, la favorita de su padre.

El detective se rascó la barba de varios días. Terminó el cigarrillo y lo aplastó contra el cenicero quemado del vehículo.

A pesar de las apariencias, Ledrado estaba dejándose aplastar por la presión externa. Los ciudadanos no eran conscientes del daño que las declaraciones de un tertuliano de televisión podían volcar sobre el Cuerpo y sus acciones. Palabras que sabían a napalm y que minaban la moral de cualquiera. Palabras que caían a primera hora de la mañana como bombas de hidrógeno, provocando una explosión en silencio. Durante muchos años, Maldonado había lidiado con el escozor de los medios. Algunas veces mejor y otras no tanto, pero nunca había permitido que el ruido externo ni las coacciones influyeran en su modo de trabajar.

Se lamentó por Ledrado y su falta de confianza. En el fondo, sólo quería hacer su trabajo.

—¿Te dijo algo más?

Ella lo miró y sonrió con pena.

—Nada... Que confiara en ti.

—Los ojos no mienten, chica —contestó, incrédulo, pero no le importó.

Puso el vehículo en marcha, sacó la pistola y la puso sobre los muslos de la secretaria.

Asustada, se negó a tocarla.

—¡Eh, eh! ¡Un momento! —exclamó, encendida—. ¿De qué

va todo esto?

—No tienes por qué asustarte. No muerde y está descargada —aclaró, metió la primera marcha y dio la vuelta para incorporarse a la calle de Santa Engracia y regresar a la glorieta—. A partir de este momento, quiero que pongas toda tu atención en la calle... Cuando yo te diga, saldrás del coche e irás a hablar con una mujer que se dirige al metro para acudir a su trabajo, pero tienes que ser rápida y arrastrarla hasta aquí. Su testimonio es la clave. Si la perdemos, habremos terminado con toda esperanza de resolver el caso. Esta vez no bromeo, Marla.

La secretaria escuchó atentamente.

—¿De quién se trata? —cuestionó sujetando el arma—. ¿Tengo que amenazarla?

—Es una sugerencia, si ofrece resistencia... No le hables de mí, sabe quién soy y huirá. Esa mujer es la empleada del hogar de los Quintero —explicó—. Consigue que suba y nos daremos una vuelta. Te prometo que no le pasará nada.

Dada la naturaleza del detective, prometer que no habría sorpresas era como mentir a quemarropa. Marla acarició el arma sin miedo, ahora que sabía que no podía provocar daño a nadie.

Pasaron varios minutos hasta que se pusieron en marcha. Marla ocultó el arma en el bolso y guardó silencio, concentrada en imaginarse un rostro que no había visto aún.

En base a la dirección que Berlanga le había entregado, lo más apropiado era que Marián acudiera a su trabajo accediendo al metro por la entrada del norte. Maldonado tenía que apostarlo todo a una opción, aunque sólo tuviera un cuarto de probabilidades de éxito.

Se incorporó a la glorieta y cruzó hacia la calle de Bravo

Murillo, una vía de doble sentido en la que resultaba imposible estacionar, cuando la vieron de frente, caminando en sentido opuesto por la calzada, entre la muchedumbre. El Volkswagen giró en el primer callejón para cambiar de sentido y se detuvo.

—Ahí la tienes. Es esa mujer. Se llama Marián.

Ella la estudió en la distancia.

—Marián... —repitió.

—Daré la vuelta y te esperaré en la avenida de la Reina Victoria. No llames la atención.

—Está bien, lo intentaré —dijo, se quitó el cinturón y abrió la puerta del vehículo.

Maldonado la detuvo, agarrándole el hombro. El rostro de la chica se giró.

—No, Marla. Aquí no valen los intentos.

38

Marla bajó del vehículo y Maldonado la siguió por el espejo retrovisor hasta que su silueta desapareció por la esquina. Deseó que estuviera a la altura de las circunstancias. Ledrado ya le había puesto cara y si fracasaba en su misión, la empleada se lo contaría todo a Quintero y éste volvería a marcar el número del inspector.

Una cadena de acontecimientos que terminarían con un final triste para los dos.

Continuó hasta el primer cruce y giró a la izquierda. Si había algo que detestaba de aquella zona, era lo denso que era todo. La calle de Bravo Murillo era tan larga que, en ocasiones, parecía que se estaba todo el tiempo en el mismo lugar.

Los cuatro kilómetros que iban desde el barrio de Tetuán hasta el de Chamberí, se transformaban en un escenario decorado por tiendas de zapatos, fruterías regentadas por hindúes, bares con solera, tiendas de objetos inservibles, churrerías ambulantes, ultramarinos, más establecimientos de calzado, locales de comida rápida, más bares con más solera, restaurantes de comida turca, más fruterías de hindúes, hoteles con los rótulos fundidos, más franquicias, otro kebab, salas de cines vacías, más tiendas de objetos inservibles, más churrerías ambulantes y así, una y otra vez, desde la plaza de Castilla hasta el cruce con Cuatro Caminos.

Un autobús le pasó por delante mientras esperaba el cambio de sentido. El detective se fijó en las fachadas de los edificios, que formaban una estampa heterogénea que iban desde la arquitectura decimonónica de ventanales y balcones, a las persianas blancas de plástico y el ladrillo rojo.

Sin perder de vista la calle, cruzó y se incorporó al carril opuesto, ganándose la simpatía de varios conductores que le pitaron. Marián no parecía haberse dado cuenta de que la seguían. La empleada, vestida con ropa de calle y sin la bata blanca que llevaba en la casa de los Quintero, caminaba con ritmo ligero, como la mayoría de los transeúntes que iban a su lado en la misma dirección, apresurados por no perder ese tren que aún no había llegado.

La secretaria se aproximó a la mujer por un costado, cuando Maldonado pasó cerca de ellas y las dejó atrás.

—Vamos, Marla, puedes lograrlo... —murmuró, percatándose de la escena y continuó hacia la glorieta. El tráfico permitió que el detective avanzara más despacio.

Volteó la vista una vez más, procurando que Marián no lo descubriera. La distancia entre ellas y el vehículo era de unos metros. La mujer atendió a la secretaria, que fingía preguntarle por una calle. Se pusieron a hablar de algo que Maldonado no oía, ni tampoco era capaz de leer en los labios de la chica.

Avanzó unos metros más, pero el atasco no se movía. Las dos mujeres continuaron hacia el metro.

En un descuido, Marla miró hacia el Volkswagen para que el detective se moviera y sus ojos se cruzaron con los de la otra mujer. Marián giró el cuello para comprobar qué era

38

en lo que se estaba fijando la chica y descubrió el rostro del detective.

—¡Mierda! —exclamó, golpeando el volante.

Marián empujó a Marla hacia atrás y corrió en dirección a la glorieta. La secretaria apoyó las manos en el suelo, se levantó y salió disparada hacia la mujer. A la altura de un VIPS, Maldonado miró por el espejo derecho y no lo pensó antes de meterse en el carril de los taxis y de los autobuses. De nuevo, se ganó la maldición de los conductores que denunciaban su comportamiento. La empleada dio varias zancadas sin éxito y Marla la alcanzó por detrás, agarrándola por un hombre y apuntándole con el arma en los riñones.

El cuerpo de Marián se paralizó.

Maldonado frenó en seco, observando cómo un autobús azul le avisaba con la estrepitosa bocina de que se acercaba a ellos. Marla abrió la puerta trasera del Golf, empujó a la mujer hacia dentro y entró después. El detective metió la primera marcha, aceleró a fondo y tomó la primera salida.

39

Condujo sin rumbo por la ciudad durante varios minutos. No podía demorarse demasiado para no despertar sospechas en Quintero. El cañón de la pistola apuntaba al costado de la mujer. Con la otra mano, Marla registraba la conversación en la grabadora de su teléfono.

—Buenos días, Marián. Me alegro de verla —dijo el detective, saludándola por el espejo retrovisor—. Lamento las maneras, pero no ha dejado otra vía.

—¡No me hagan daño, por favor! —exclamó asustada, con la voz entrecortada.

Marla le clavó el cañón en el estómago, metida en su papel.

—Sólo quiero charlar con usted —dijo. La mujer estaba aterrorizada—. Después la dejaré en su parada.

Avanzaron por la avenida, guiándose por la fluidez del tráfico.

—Ya le dije todo lo que sabía.

—Todo, todo... no. Será mejor que colabore, tengo constancia de su situación laboral y estoy convencido de que no quiere ningún problema con extranjería... A estas alturas, con lo bien que le va, sería una pena que regresara a Ucrania con un billete sólo de ida, ¿verdad?

La mirada de Marián se derrumbó.

—La otra mañana, cuando los visité, no dijo la verdad. Usted sabe lo que pasó la noche en la que desapareció Andrea. ¿Por qué no empieza por el principio?

—Le conté lo que vi, se lo juro.

—¿Es usted creyente? —preguntó él. Ella guardó silencio—. Pues no jure en vano... Sé que los Quintero la han coaccionado para que no hable, pero será mejor que me diga todo lo que esconde. Esa noche, el señor Quintero no regresó a casa con su hijo, como nos confesó, ni tampoco usted se tropezó con la señora Ortuño cuando salía del hogar.

Marián suspiró. Estaba atrapada en un callejón sin salida.

—El señor pretendía proteger a su hijo —confesó, soportando el llanto—. Marcos tiene problemas con el juego y debe dinero a otras personas. Está metido en asuntos turbios y ha pasado dos veces por rehabilitación. La policía sospecha que fue él quien mató a su hermana, pero no tienen evidencias de que lo hiciera. Yo sé que el muchacho es incapaz de cometer un acto así... En el fondo es un buen chico.

—Un buen chico.

—Sí, de verdad.

—Y Quintero, ¿qué opina?

—Prefiere no pensar en esa posibilidad.

—Por lo que veo, la relación con su hijo no es la mejor, ¿por qué lo protege?

La mujer frunció el ceño.

—Se siente culpable por cómo ha acabado de esta manera. El señor cree que se debe a la falta de atención y al exceso de presión por su parte. De tanto decirle que se buscara la vida, un día se marchó.

—Interesante —comentó el detective—. ¿Se lo ha contado

él?

Ella asintió.

—Paso mucho tiempo en la casa. Veo muchas cosas y soy la confidente de todos.

Sus palabras no fueron del todo sinceras y Maldonado sabía distinguir una mentira de una verdad a medias. Entonces se fijó en el colgante de plata que llevaba en el cuello. Pensó que era demasiado caro para una persona en su situación.

—¿Por qué nadie informó de que ya no vive con ellos?

La mujer agachó la cabeza.

—Sigue siendo su casa.

—¿Hace cuánto que mantiene una relación sentimental con Rafael? —disparó.

Marián no esperaba que lo descubriera.

En un acto reflejo, su mano fue directa al colgante. La pregunta la desarmó por completo.

A Marla le sorprendió la agudeza del detective.

—¿Se lo ha contado él?

—Me lo acaba de decir usted —confirmó—. Unos protegen a otros y usted está encubriendo a su amante. Dígame, ¿desde cuándo?

El argumento le destrozó los ánimos.

—Siete meses... —confesó, abochornada—. Desde que dejó de ir a la oficina, el señor pasaba más y más tiempo en casa. Surgió por accidente.

—Las cosas no surgen por accidente —comentó y la observó. La mujer sintió que estaba traicionando a ese hombre revelándole su secreto—. Está enamorada de él, ¿cierto?

—Nadie elige sus sentimientos.

«Y seguro que te prometió que lo dejaría todo por ti...».

—¿Lo sabe la señora Ortuño?

Ella negó con la cabeza.

—No estoy segura. Ella también tiene algo por ahí desde hace tiempo, aunque lo lleva con discreción. En esa casa cada uno tiene lo suyo.

—¿Se refiere a Andrea? —preguntó, disparando las alarmas—. Cuénteme sobre ella y la relación que tenía con Borja.

Las palabras se le atragantaron. A nadie le gustaba hablar mal de quienes no podían defenderse.

—Era una buena chica, pero de armas tomar... Estaba demasiado consentida por su padre. Todos sabíamos que su noviazgo no iría muy lejos.

—¿No aceptaban al muchacho?

—No, no es eso —aclaró—. Mentía diciendo que estaba con él, pero la realidad era otra. En más de una ocasión la vi besándose en la calle con otros.

—Entiendo que no estaba muy enamorada.

—Hay algo raro en ese chico —explicó, buscando en los recuerdos—. Al principio pasaba mucho tiempo en casa con los padres. Venía a comer los fines de semana y se quedaba hasta tarde, escuchando las historias del señor, agasajándolo con elogios sobre su fortuna. Parecía más interesado en ganarse la aprobación de los Quintero que en estar con ella. También venía mucho a visitar a su hermano, como si tuvieran una gran amistad. Nunca me dio buena impresión.

—¿Y él? ¿Estaba al corriente de los asuntos de su novia?

—¿Borja? No me entienda mal, pero tenía una novia florero.

—Vaya, en esa casa no pierden el tiempo. ¿Qué relación mantenía usted con Andrea?

—Nada extraordinario. La oía hablar por teléfono de sus problemas. Discutía a menudo con Borja y después venía a contármelo. Andrea comenzó a sospechar de que le estaba siendo infiel con otra mujer.

—¿Y de usted, no se olió nada?

—No... —dijo, avergonzada—. No parecía importarle demasiado la situación familiar, siempre y cuando pudiera continuar con la vida que llevaba. Andrea era consciente de que sus padres tenían vidas separadas. Él pagaba y ella callaba. Esa niña gastaba todo lo que quería... Le advertí al señor que tarde o temprano le saldría caro lo que estaba haciendo.

—¿Y qué dijo él?

Marián carraspeó.

—Estaba más preocupado por sus negocios... Me dijo que la señora le había ofrecido el divorcio, aunque se negó a negociar con ella. Vivir bajo el mismo techo era insostenible. No se hablaban y compartían el espacio en silencio. Era consciente de que la ruptura no tenía vuelta atrás, pero estaba seguro de que encontraría la manera de salir intocable.

—Probando la infidelidad de su mujer... Por eso vino a mí.

—La sorprendió una tarde con el abogado que ella había contratado, pero su esposa no lo sabía. Lo investigó y descubrió que es especialista en pleitos con grandes firmas. Y eso le preocupó.

—Una jugada arriesgada mientras mantiene una aventura con la criada.

—¡No es una aventura! —replicó, ofendida. Marla le dio otro toque para que bajara el tono—. Sé que él también siente lo mismo por mí.

—Claro, qué cosas tengo —comentó y continuó con el interrogatorio—. ¿Qué pasa con el inspector Ledrado? Imagino que también escuchó la conversación que tuvo con el señor Quintero.

—No puedo hablar de ello.

—No fastidie, Marián. Piense en su viaje a Kiev y en los meses a veinte grados bajo cero.

Una fuerte angustia se apoderó de ella. El detective se fijó en sus ojos vidriosos, a punto de inundarse de lágrimas. Estaba apretando fuerte, pero no iba a bajar la guardia por un llanto.

—Mintió para proteger a su hijo. Cualquier padre lo haría.
—Ve cómo no era tan difícil.

Maldonado comprobó el reloj y sintió que el tiempo se le acababa. Dio media vuelta y tomó el carril que lo llevaba hacia la parada de metro de la mujer.

—Oiga, detective, no puede decir nada de esto… Me veré en una situación problemática. Sé que he cometido un error, pero no quiero regresar a mi país y perderlo todo.

—No se preocupe, Marián. No me interesa su *affair* con el señor Quintero, sino la muerte de esa chica… Si usted es los oídos de esa casa, me imagino que tendrá una opinión sobre Marcos.

—¿Qué puedo contarle que ya no sepa?

—No notó nada raro en él, en su forma de actuar, en el trato con sus padres. ¿Regresó a casa la noche de la desaparición?

—No, no lo hizo. Desde hace unos meses, nadie sabe dónde se queda, ni dónde duerme, aunque probablemente la pasó gastándoselo todo en ese casino… Al día siguiente, antes de que conocieran la noticia, el señor tuvo con él una fuerte discusión mientras yo iba de camino al trabajo.

—¿Le contó Quintero sobre qué fue?

—No, no hemos vuelto a hablar desde entonces —dijo, lamentando lo sucedido—. No sé… Tengo la sensación de que su hijo sospecha de mí, por cómo me trata, aunque nunca me he atrevido a preguntárselo. Es una persona muy hermética, se lo guarda todo para él y se aprovecha de ser el favorito de la madre. Guarda una relación muy extraña con ella. Antes de que Andrea se marchara para siempre, apenas lo veía por la casa. Desde la pérdida de su hermana, no lo he vuelto a ver.

—Está bien, es suficiente —dijo y aminoró, estacionando en doble fila—. Nos ha sido de gran ayuda... Disculpe que la hayamos abordado así, pero era la única manera de hablar con usted.

—¿Puedo marcharme? —preguntó, mirando al arma que Marla sujetaba con firmeza.

La secretaria retiró la pistola.

—Adelante —afirmó y la mujer, con el rostro amarillento, abrió la puerta del viejo Volkswagen—. ¿Marián?

—Sí, dígame.

—Si larga una sola palabra de este encuentro, yo tendré un problema, pero usted volverá a los fríos inviernos.

Ella asintió, abandonó el vehículo y bajó los escalones de la boca de metro.

—Estaba temblando —comentó Marla—. No tenías por qué ser tan duro con ella.

—No dirá nada. Te lo aseguro. ¿Lo has grabado todo?

—Sí.

—Buen trabajo, Marla. Estoy orgulloso de ti.

—Guárdate los elogios para más tarde.

—Tienes razón —dijo, regresó al tránsito y condujo de vuelta al centro de la ciudad—. Este era el testimonio que buscábamos... Ahora nos toca organizar las piezas de este turbio rompecabezas.

40

Una corazonada.

Una bandada de estorninos volando en el cielo.

Una luz alumbrando entre tinieblas.

Maldonado daba sorbos al café aguado que Marla le había comprado en Starbucks. Después de una semana gris, la claridad que entraba por la ventana del despacho otorgaba un matiz celestial y esperanzador a las habitaciones.

—Todavía no entiendo cómo puedes beberte este laxante —dijo, sujetando el vaso de cartón—. En fin, al tajo. La mañana no ha hecho más que empezar.

—¿Piensas avisar al inspector Ledrado?

—No —respondió tajante. Había pensado en la posibilidad, aunque eso suponía confesar cómo había obtenido la información. Comenzaba a verlo como un apoyo, en lugar de un enemigo. Tenía que utilizarlo a su favor. Después de las amenazas del día anterior, no podía delatar a la sirvienta, ni tampoco a Berlanga, aunque debía dejar a un lado el egoísmo y concentrarse en lo que verdaderamente importaba en el caso: descubrir al asesino de Andrea Quintero—. Se me ha ocurrido algo mejor.

La secretaria ladeó la barbilla, intrigada por lo que el detective estaba tramando en su cabeza.

Un plan arriesgado, pensó él, pero un plan, al fin y al cabo.

—Muéstrame otra vez las fotografías que Romero envió —ordenó y ella encendió el ordenador de su escritorio. El sistema arrancó, los ventiladores de la máquina se pusieron en marcha y en cuestión de minutos las imágenes estaban en la pantalla—. Busca la última que tomó.

—¿La del pasillo?

—Sí —señaló—. Amplíala.

La imagen borrosa ocupó el monitor. De nuevo, la figura de esa mujer y el zapato que salía por el umbral de la habitación.

—No se ve bien el número —comentó ella—. ¿Qué buscas?

Maldonado observó cada píxel.

—En el ascensor. ¿Qué número es?

—Parece un tres.

—Es la segunda puerta que hay a la izquierda —dijo y miró a su alrededor en busca de la papelera. Se agachó, agarró el burofax que el abogado le había enviado y comprobó la dirección de su origen—. Necesito que llames a un mensajero.

—¿Qué tramas, Javier?

Miró al calendario que había en el escritorio. Día impar. No tenía evidencias de que estuviera en lo cierto, pero nunca descartaba una corazonada.

Se acercó al teléfono de su despacho y descolgó.

—Llámame malpensado —contestó—, pero si mis cálculos no fallan y todo encaja como tengo en mi cabeza, esta tarde va a arder Troya.

***

40

Un plan, eso es lo que dijo.

Un plan, al fin y al cabo.

Con toda la información que había recabado, estaba convencido de que el hombre que se reunía con Adriana Ortuño en el Palace era su hijo. Los motivos aún eran una incógnita. Tal vez tramaran juntos el desfalco que le iban a hacer al padre de la familia. Quizá tuvieran una relación incestuosa. Podía ser que el chico viviera allí y que la madre se limitara a visitarlo después de hablar con el abogado, razón por la que ninguno de los detectives fue capaz de demostrar el romance extramatrimonial.

Todo era posible en su mente y no descartaba ninguna de las opciones.

Rafael Quintero conocía el paradero de su hijo y Maldonado también.

La sospecha cobraba sentido.

El casino estaba muy cerca del hotel. Lo único que Maldonado tenía claro tras la muerte de Andrea, era que los familiares lidiaban una dura batalla con el hermano de la chica pero ¿de qué clase?, se cuestionó el detective.

Después le explicó sus intenciones a la secretaria.

—Debemos ser delicados con este asunto —comentó—. El martes es día nueve, día impar… Si todo encaja con lo acontecido hasta hoy, Adriana Ortuño se reunirá con el abogado, un día más, antes de subir a la habitación para reunirse con su hijo. El mensajero llegará puntual y le entregará un sobre con las fotografías al abogado. Eso romperá su corazón y provocará una discusión. Aunque ella intente apaciguarlo, debido a sus sentimientos, el letrado se marchará y nos lo quitaremos de encima para que no nos dé más problemas. Por mi parte, me encargaré de llamar a Quintero para que se reúna conmigo en la habitación. Si intenta proteger a su hijo, acudirá antes de la hora para advertirle en persona de mi visita.

—¿Y qué haré yo?

—Tú te encargarás de lo más importante, querida Marla —respondió, fijándose en ella—. Nadie te reconocerá porque no saben que existes, así que esperarás en la barra del bar a que Adriana Ortuño suba a la habitación.

—¿Y si está al corriente de la trampa?

—Lo hará. Una vez vea las fotos, correrá a contárselo a su hijo. Cuando eso suceda, me avisarás por teléfono y después llamarás al inspector Ledrado para comunicarle que he perdido los estribos y que voy a cometer una estupidez.

—¿Sinceramente? Creo que ya los has perdido.

—No del todo —contestó y sonrió—. Por su modo de operar, calculo que Ledrado enviará a alguien hasta que él se personifique. No podrá evitar la ocasión de llevarse la liebre, así que tendremos un pequeño margen de algunos minutos. Subirás a la habitación y te quedarás en la puerta grabando la conversación con el teléfono. Cuando la policía asome, prepara el audio que has grabado en el coche.

—¿Vas a comunicárselo a Berlanga?

—Ni hablar. Ya ha hecho bastante por nosotros.

—¿Y si sale algo mal, Javier?

Él chasqueó la lengua.

—Nada puede ir peor de lo que ya nos va, Marla.

41

Martes.
Día 9.

No podían dejar ningún detalle a la improvisación, así que trabajaron todo el lunes en la oficina para ultimar cada minuto del plan.

Rafael Quintero, reacio y hostil durante los primeros segundos de la conversación, no rechazó la invitación al encuentro en cuanto le nombró la habitación del hotel.

Para cocinar a fuego lento el momento, Maldonado aprovechó la llamada para mencionar que también había descubierto al amante de su mujer.

A las seis de la tarde del martes, Marla y el detective se resguardaban de la lluvia en el interior de La Daniela, un conocido bar de la ciudad por la destreza de los camareros para tirar las cañas de cerveza. El local, pequeño, alargado, parada obligatoria de políticos, rostros de la farándula, castizos y turistas por igual, estaba abarrotado. El hotel se encontraba a dos calles de allí. Maldonado pagó las cañas y entornó la mirada.

—¿Estás lista?

—Sí.

El detective salió a la calle, encendió un *light* y vio cómo Marla abría su paraguas. Tenía el rostro pálido y la expresión congelada. Maldonado sabía que no era a causa del frío de la tarde. La excitación se había transformado en un nerviosismo contagioso. Sin embargo, no había forma ni palabras que la relajaran.

—Te veo arriba, en un rato —comentó ella.

Las piernas de la secretaria caminaron en línea recta, dejando una serenata de taconeos sobre las baldosas.

No había punto de retorno, se dijo, comprobando el reloj por enésima vez.

A esas horas, un taxi llevaría a Beltrán Mirete de camino a la entrada del Palace. El pobre letrado desconocía lo desafortunado que sería su encuentro con la señora Ortuño. A nadie le gustaba regresar a casa con el corazón roto en mil pedazos.

Anduvo lento y pensativo por la calle del Duque de Medinaceli, bordeando una de las espaldas del hotel, fijándose en el resplandor de algunas de las habitaciones que ocupaban las cuatro alturas, soñando con historias anónimas, ajenas a él, como las que leía en esas novelas. Más pronto que tarde, en cuestión de minutos, él formaría parte del misterio que había tras las cortinas de uno de esos ventanales. Le costaba imaginar el desenlace, aunque tenía la certeza de que el asesino de Andrea Quintero le esperaría allí dentro.

Desde la esquina de la plaza, vislumbró la figura de Adriana Ortuño, protegida en su abrigo de visón, bajando de un Mercedes y dirigiéndose al bar del hotel. Imaginó a Marla tomando uno de esos cócteles que tanto ansiaba y lamentó no poder acompañarla en un momento tan especial.

Ansioso, encendió el segundo cigarrillo cuando localizó a Beltrán Mirete cruzando el paso de cebra que lo llevaba al hotel. El detective retrocedió unos metros para salir de su campo de visión y aguardó bajo un balcón para no mojarse demasiado.

La cuenta atrás comenzó.

Dio la última calada, apagó la colilla en una papelera y tomó aire.

Uno.
Dos.
Vuelve a brillar, Javier.

Maldonado se dirigió a la entrada del hotel, sabiendo que no saldría de allí siendo el mismo.

* * *

Como un asiduo cliente del hotel, el detective cruzó el vestíbulo de la entrada sin dudar de sus pasos. Los hombros del letrado desaparecieron cuando tomaron la dirección del bar. Maldonado evitó la presencia del personal del Palace, que era abundante y atenta, y decidió subir por las escaleras para evitar desencuentros.

Cuando llegó a la tercera planta, recordó la imagen que Romero les había enviado y reconstruyó la escena.

Palpó por última vez la pistola sujeta en el cinturón y la cubrió con el Barbour para que no quedara a la vista. Antes de tocar a la puerta de la habitación, las dudas lo paralizaron.

Lamentó que estuviera cometiendo un posible error, llegando antes de la hora prevista. Cabía la posibilidad de que nadie le abriera.

Alzó el mentón, abrió el pecho y tocó a la puerta con los nudillos.

Uno.
Dos.
Tres.

Nada se movió en aquel pasillo, excepto su corazón, que bombeaba como una locomotora. Esperó, sin más. Se cuestionó si tendrían algún tipo de contraseña para reconocerse el uno al otro, ya que la puerta carecía de mirilla. No quería mostrarse insistente, aunque tampoco deseaba que Adriana Ortuño lo sorprendiera ahí parado.

De ser así, la misión habría sido un fracaso y la puerta no se abriría.

Cuatro.
Cinco.
Seis.
Suspiró.

Alguien se acercó por el otro lado del pasillo. Maldonado volteó el rostro, pero no vio nada. Sólo escuchó los movimientos. Pensó en desaparecer, en dar una vuelta hasta que esa mujer entrara en escena, pero de ese modo perdería la oportunidad de acorralar a su hijo.

Dispuesto a tomar el plan alternativo, se dio cuenta de que unas pisadas procedentes de la habitación se acercaban para

41

recibirlo. La manivela se accionó y la puerta dejó paso a un resplandor de luz artificial que procedía del interior.

Reconoció los zapatos y también el rostro del hombre que tenía delante.

Maldonado estaba en lo cierto, allí se escondía alguien.

Sin embargo, no era del todo como él había imaginado.

42

La mirada de Borja Montenegro se cristalizó. Antes de que el muchacho reaccionara, Maldonado se abrió paso y cruzó el umbral de una lujosa habitación cargada de detalles y con vistas al paseo del Prado.

—¿Qué hace usted aquí? —preguntó, cerrando la puerta con cuidado. El cronómetro mental del detective activó la cuenta atrás. No debía caer en la trampa de las preguntas sin salida, ni de los rodeos innecesarios—. ¿Quién le ha dicho que entre?

—No me esperabas, ¿verdad? La verdad es que yo tampoco a ti —contestó y se dirigió al mueble bar de la habitación. Mientras Montenegro estudiaba sus pasos, él averiguaba sus intenciones. *Quid pro quo*, pensó. El chico se mantenía quieto, en silencio y sin intenciones de echarlo. El detective agarró una botella pequeña de Jameson y volcó su contenido en un vaso de cristal—. Menudo mamoncete eres... Así que te estabas cepillando a las dos, a la madre y a la hija...

—Le pido que se marche ahora mismo —dijo, señalando hacia la puerta—. Llamaré a seguridad.

«Un poco tarde, ¿no crees?».

Cuando Montenegro se acercó al teléfono de la mesilla, Maldonado agarró el cable del aparato y lo arrancó de la pared, lanzándolo contra la maqueta.

Un estrépito hueco y molesto.

Las piezas del teléfono cayeron sobre el suelo.

El chico se quedó paralizado con la reacción. El detective se rascó la cabeza y caminó hacia el ventanal. Pensó que Montenegro podía ir armado o, en un descuido, intentaría abatirlo a la fuerza. Tenía que llevar cuidado y ganar unos minutos más, al menos, hasta que Quintero apareciera por allí.

—Está bien. Hablemos como hombres.

—A ti aún te faltan dos vidas para ser un hombre.

—¿Cuánto quiere, Maldonado? Ponga una cifra.

El detective se rio y dio un sorbo al whisky.

—¿Por quién me tomas, sabandija?

El muchacho se rio, altivo y nervioso.

—Es esa la razón por la que trabaja, ¿no? Dinero para poder costearse la vida de mierda y vacía que lleva —respondió—. Le daré lo que pida y usted dirá que no ha visto nada.

—¿Eres consciente de la basura que eres?

—Todos tenemos nuestras fragilidades. Usted, también, no lo olvide.

—¿De verdad crees que estoy aquí por un lío de sábanas? —preguntó, mirándolo con asco. Sintió ganas de romperle el vaso contra la cabeza—. Te cargaste a ese reportero porque te hizo unas fotografías y no aceptó tus chantajes... Intentaste quitarme de en medio enviándome a dos empleados de tu empresa, ¿y ahora me vienes con esto? Eres un maldito sádico. Vete al cuerno, chaval. La policía está de camino. Hoy no será tu día...

Maldonado se fijó en su rostro.

Mandíbula tensa, ojos nerviosos y espalda erguida.

Cuando Montenegro dio el primer paso para abalanzarse, el detective le apuntó con la pistola.

—Recula, valiente... No seas más estúpido de lo que ya eres —dijo, obligándolo a retroceder—. La mataste tú, ¿verdad?

Alguien tocó a la puerta.

Una patada voló la pistola de sus manos y el arma cayó sobre la cama. De pronto, las manos de Montenegro estaban sobre su cuello. El destello de una estrella fugaz iluminó las pupilas del muchacho.

—No. Yo no lo hice... —contestó, encima de él, apretándole la nuez.

Maldonado intentó defenderse sin éxito, tapándole la cara al asesino con las manos, notando cómo la presión en su garganta lo dejaba sin aire. El hormigueo se apoderó de su cuerpo. Las piernas comenzaban a fallarle.

Asfixiado, buscó sobre la moqueta algún objeto con el que defenderse

La persona que había al otro lado de la puerta volvió a tocar.

—Nadie sabrá lo que Adriana y yo tenemos hasta que se divorcien...

El detective resistía agotado, sin oxígeno, luchando por su vida unos minutos más. Miró al verdugo, quien parecía disfrutar con lo que hacía, y pensó en Andrea, en todas esas chicas que habían perdido la vida por cruzarse con tipos como él.

De su cuerpo brotó una fuerza incomprensible. Apretó los dientes y los puños y logró separarse de uno de los brazos que aprisionaban su cuello. La expresión de Montenegro se volvió fría y su mirada desprendió el temor de lo inesperado. Maldonado le golpeó en el ojo, desde el suelo, echándolo a un lado. Recuperó el aliento, de rodillas, y empezó a agarrarlo para descargar toda su ira sobre la cabeza de ese hombre. Un segundo golpe desestabilizó por completo al chico. El detective se puso en pie, colérico, agarró el arma, cargó una bala y apuntó hacia la cara del hombre con la nariz ensangrentada.

Uno.
Dos.
Dispara de una vez.
Montenegro fijó la mirada en el cañón.
De su boca no salían palabras, ni siquiera de arrepentimiento.
Tres.
Cuatro.
¿A qué esperas?

—Los ojos no mienten, chico —contestó el sabueso, sin dudar de la corazonada que lo había arrastrado a esa habitación—. Ojalá pagues por lo que hiciste.

El índice acarició el gatillo metálico.

Cinco.
Seis.
Hazlo por todas ellas.
Los ojos de Marla aparecieron en su mente.
Suspiró.

Sin desviar el cañón, Maldonado abrió la puerta de la habitación y escondió la pistola cuando vio a Rafael Quintero.
—Adelante… —dijo y señaló al muchacho—. Ahora se lo tendrás que explicar a él.

Quintero se mostró confundido cuando vio al novio de su

hija herido en el suelo y al detective manchado de sangre y con marcas en el cuello.

—¿Qué está pasando aquí, Maldonado?

—Eso mismo me pregunto yo —dijo Borja Montenegro, poniéndose en pie, con la ropa en desorden y adelantándose a la respuesta—. Mire lo que me ha hecho, Rafael, este lunático me tenía secuestrado.

Quintero se frotó la frente y después dio un trago al vaso que el detective había dejado junto a la ventana. Bonito teatro, pensó en silencio Maldonado.

—Le dije que había descubierto al asesino de su hija y también al amante de su mujer —señaló el detective—, y que se lo demostraría cuando viniera. Aquí lo tiene.

Quintero lo escuchó estupefacto.

—¿Qué? No... —comentó, incrédulo, hasta que los ojos de ambos se encontraron y el silencio y las tinieblas se apoderaron del suegro.

Los ojos no mentían y un embustero podía reconocer a otros como él.

Maldonado pensó en los demonios que aterrorizarían a Quintero en ese instante. Sólo Dios sabía en qué pensaría aquel hombre, víctima de todos los males.

Las arrugas del empresario se estiraron. Una vena se pronunció en la frente y su rostro cambió hacia un color encarnado.

—¡Tú, desgraciado!

El primer puñetazo golpeó el estómago de Montenegro, pero no lo abatió. Los dos hombres forcejearon y cayeron al suelo. El muchacho seguía negando la verdad.

—¡Pare, Rafael! —exclamaba, sujetando al hombre por los brazos—. ¡Le está confundiendo con sus mentiras!

—¡Te voy a matar, cabrón!

Maldonado se apartó, viendo el triste espectáculo, a la vez que esperaba a que llegara la señora Ortuño.

La puerta sonó. El detective abrió y se encontró con ella. A diferencia de Quintero, la mujer no pareció sorprendida por la presencia del detective, ni por la pelea que sucedía en el interior. El ruido de la trifulca captó la atención del servicio del hotel. La mujer apartó a Maldonado de su camino y entró en la habitación.

Cuando la vieron, los dos hombres se detuvieron.

—¿Qué es todo esto? —preguntó, pidiéndoles explicaciones a los tres, acostumbrada a que todo el mundo se justificara ante ella—. ¿Alguno me va a decir qué estáis haciendo aquí?

Maldonado negó con la cabeza y regresó a la ventana.

Rafael Quintero miró a Montenegro, apoyado en el colchón. Los dos hombres se pusieron en pie, abotonándose las camisas en un intento de recuperar la dignidad.

—Por un momento, sospeché que tuviera una relación incestuosa con su hijo —comentó el investigador, rompiendo la defensa de la mujer y provocándole asco hacia su persona—, pero la realidad es que está siéndole infiel con el novio y asesino de su hija.

—No escuches lo que dice —comentó el joven, dando un paso hacia adelante—. ¡Miente, Adriana!

—Tanto, que ha intentado matarme con sus propias manos.

Al otro costado, Maldonado no pudo evitar comprobar el rostro de Quintero, que se apagaba por segundos.

«Demasiado tarde para lamerte las heridas, amigo...».

—¿Así que es cierto, Adriana? —cuestionó el marido, ahogado en la vergüenza y en el hastío.

La mujer, con una actitud más templada que la de los otros

dos hombres, le rechazó la mirada y lo apartó con la mano.

—Ahora no, Rafael. No es el momento.

—¿Cómo? ¿Cuándo diablos es el momento? ¡No hay otro momento!

—Déjala, Rafael... —comentó el muchacho, en un acto protector.

—¡Niñato de mierda!

El gesto le salió caro y Quintero descargó su ira rematándole el tabique que Maldonado ya había roto. El impacto sonó como una piedra contra un muro y el grito llegó a la Estación de Atocha. El chico retrocedió contra la ventana, aturdido y desamparado, pero la mujer sólo tenía oídos para el detective.

—Hable, Maldonado. ¡Hable de una vez! ¿Es eso cierto?

—Ahora me dirá que tampoco lo sabía... —comentó él.

Los ojos vidriosos contestaron por ella.

La puerta se abrió de golpe y sorprendió a los cuatro.

El detective vio a Marla compungida.

A su lado estaba Ledrado, acompañado de otro agente y de un miembro del hotel.

—¡No te muevas, Maldonado! Ni una palabra más. Estás detenido.

43

La situación se volvió confusa para todos, menos para él.

El inspector caminó hacia el detective, pero la mujer lo detuvo.

—Espere, déjelo hablar.

—No, señora, lo que tenga que decir, lo hará ante un juez.

—¡Déjelo hablar, he dicho! —gritó, rota por dentro, a la espera de una explicación. Ledrado vaciló y terminó accediendo.

—Ya la has oído.

Maldonado apuró el whisky, respiró profundamente y entendió que esa era su última ponencia ante el elenco de presentes.

—Como queráis, pero las preguntas se las tendrás que hacer a él —comentó, señalando al chico, antes de dar rienda suelta a su discurso—. Tenía la impresión de que Marcos Quintero había matado a su hermana, pero la realidad supera a la ficción siempre...

—Eso no es cierto. Está mintiendo, inspector. Puedo demostrarlo.

—No, no puedes —dijo el detective—. Los tres mintieron, Ledrado. La noche en que Andrea desapareció, le contó a su padre que sospechaba de la infidelidad de Montenegro. Rafael estaba al tanto de la relación que su esposa tenía con su novio, así que le dijo a su hija que viniera aquí y preguntara con quién se estaba viendo su madre, ¿verdad, señor Quintero?

El rencor del empresario se convirtió en un sentimiento de culpa y vergüenza.

—Eres un miserable, Rafael… —comentó la esposa—. Te dije que no metieras a nuestros hijos en esto…

—¡Tú, mejor no hables! —espetó hacia ella—. ¡Ni siquiera puede demostrar lo que dice!

—Tengo la conversación grabada en mi teléfono —intervino Marla—. Su empleada lo confesó todo.

—Cuando la chica lo descubrió, fue directa al casino, donde sabía que encontraría a su hermano, para contarle toda la verdad sobre su novio… Pero no esperó que Borja estuviera también allí —explicó el detective—. Discutieron, salieron a la calle y la invitaron a hablar en un sitio más privado. ¿Dónde? El garaje del casino. Allí no los molestaría nadie.

—¡Es un disparate, se lo está inventado todo! ¡Yo no la maté! —interrumpió Montenegro, cada vez más nervioso.

—La discusión se volvió más tensa cuando Andrea comprendió lo que estaba sucediendo —prosiguió Maldonado—. El divorcio era una artimaña que favorecía a los tres y dejaba a la chica fuera del reparto de bienes, así que los amenazó con contárselo todo al padre antes de que ejecutaran el plan con éxito. Su hermano era cómplice de la relación que Montenegro escondía con su madre, y decidió no hacer nada al respecto, a cambio de solucionar sus problemas económicos… Tú lo planeaste todo desde el principio, Borja, en cuanto te enamoraste de Adriana y entendiste que vuestra relación sólo sería posible tras el divorcio.

La mujer tomó aire. No podía soportar la verdad en voz alta.

—Llamaste al abogado que trabajaba para tu empresa y se lo presentaste de manera accidental. Marcos te apoyaba porque sabía que, una vez divorciados, la separación de bienes le favorecería. Después de todo, es el niño mimado de su madre y ésta le ayudaría a solucionar sus deudas, con tal de recuperar el amor perdido que no le había dado durante la infancia.

Adriana Ortuño levantó la mano.

—No te consiento que hables así...

—Esto no es una telenovela, señora —intervino el investigador—. Usted también estaba al corriente de la infidelidad de su marido con la sirvienta y lo iba a utilizar en su contra para la separación. Cuando el pobre de Rafael sospechó de usted, contrató a varios detectives para que la siguieran. Dejó los recibos a la vista para que su marido mordiera el cebo y sobornó a esos hombres para que no encontraran nada. Pensó que podría hacer lo mismo conmigo, pero se equivocó...

—No tiene ninguna prueba de ello...

—Claro que sí —respondió Maldonado, confiando en sus sospechas—. La prueba viviente es su hijo... La noche en la que Andrea los sorprendió, la discusión fue a más y Montenegro perdió los nervios, disparando a la chica. Atacado por el miedo, utilizaron uno de los vehículos de la empresa de seguridad para la que Montenegro trabaja y se deshicieron del cuerpo, pero la policía no pudo encontrar rastro del coche porque éste sigue escondido en el garaje del casino.

—Por favor, inspector, deténgalo y haga que se calle —comentó el muchacho—. Este cretino se lo está inventando todo. ¡Mire lo que me ha hecho!

—No, no lo estoy —contestó Maldonado—. Presionaste

a Marcos para que abandonara el cadáver de su hermana. Pagaste a esos dos matones para que te libraran de mí y de David Romero. Pensaste que eso nos ahuyentaría, pero Romero nos envió las imágenes que os sacó, antes de que le robaran el teléfono y lo dejaran moribundo. Fue un error por tu parte contratar a dos hombres de tu empresa. Por otro lado, sabías que Marcos no diría nada porque su futuro también estaba en juego… En el peor de los casos, las pruebas apuntarían a él y tú saldrías airoso, pero Quintero quería demasiado a su hermana, a pesar de la sombra que le hacía… No perdonó que la mataras y tampoco se lo perdonó a sí mismo, así que dejó un señuelo para que llegáramos a él. Marcos Quintero sabe que estamos aquí.

—Necesito un vaso de agua, creo que me voy a desmayar… —dijo la mujer, conmocionada por la declaración.

A Rafael Quintero le temblaba todo el cuerpo y Borja Montenegro no sabía dónde esconderse. Ninguno se atrevió a decir nada al respecto.

—Basta ya, Maldonado —dijo el inspector—. Creo que has hablado más de la cuenta.

—Antes de detenerme, dame una última oportunidad, Ledrado —respondió. El inspector vaciló, pero no podía obviar que el expolicía había hecho un trabajo excelente—. Para cerrar el caso con éxito, tienes que llevarme al garaje del casino. Allí encontrarás lo que necesitas. Si estoy equivocado, asumiré la responsabilidad.

—¿Estás seguro de lo que dices?

—Tan seguro como que nunca más regresaré al Cuerpo.

—Por tu bien, Maldonado —dijo con voz seria—, espero que tengas razón.

44

La sirena azul alertaba a los vehículos que se pusieron por su paso. El inspector Ledrado, acompañado de su hombre, no soltó ni una palabra durante el trayecto. Maldonado contaba los segundos en la parte trasera, silencioso, expectante por ver el resultado final de aquella historia. Hacía rato que había dejado de pensar en su futuro. La suerte estaba echada, pensó. Como en la ruleta, las posibilidades de éxito eran desconocidas hasta que la bola dejara de moverse.

Irrumpieron en el aparcamiento subterráneo del casino y Ledrado ordenó que no saliera ningún vehículo mientras estuvieran allí.

Al final de la planta, entre dos columnas, avistaron una berlina alemana de color negro, detenida y con la ventanilla bajada. En ella, había una mano apoyada.

—Tiene que ser él —señaló el detective.

Estacionaron a unos metros y bajaron del vehículo. El eco de sus pisadas se perdió en la soledad silenciosa del espacioso garaje. Olía a tabaco y la silueta del conductor no se movía.

—Marcos, sal del coche —dijo Maldonado, acercándose—. Sabemos lo que pasó. Todo ha terminado.

No obtuvieron respuesta.

Ledrado apartó al detective y sacó la pistola. Después le hizo una señal al otro agente para que cubriera el costado del vehículo.

—Quintero, soy el inspector Ledrado —dijo en voz alta—. Abandone el vehículo con las manos donde las pueda ver.

El humo del cigarrillo salía por la ventanilla.

Avanzaron unos metros y llegaron a la puerta del conductor.

—Demonios… —espetó Ledrado—. ¡Llamad a una jodida ambulancia!

Cuando Maldonado se acercó, vio el cigarrillo consumiéndose en el cenicero delantero y el cuerpo ensangrentado de Marcos Quintero. La espera había sido tan dolorosa que decidió poner fin a su calvario pegándose un tiro en la garganta. En la otra mano, sujetaba el revólver con el que Montenegro había matado a su hermana.

Sobre los muslos encontraron una nota y el gemelo que nunca llegaron a encontrar.

45

Una bala.
 Un adiós sin testigos.
 Un caso cerrado.

Marcos Quintero no soportó el agrio futuro que le esperaba. Nunca conocerían las razones por las que tiró del gatillo.

La confesión póstuma que redactó en la nota fue suficiente para que la policía detuviera a Borja Montenegro como autor del homicidio de Andrea Quintero. En el interior del vehículo encontraron muestras de ADN que pertenecían a la víctima.

La noticia de suicidio del cómplice cayó como un jarro de agua helada sobre la familia. Ni siquiera Maldonado lo vio venir.

Los días posteriores fueron turbulentos para todos los que habían estado presentes en la habitación del hotel. El inspector Ledrado cerraba con éxito el caso, convirtiéndose en una figura muy conocida para los medios de comunicación.

Tal y como supuso, Maldonado no recibió ninguna clase de reconocimiento, aunque tampoco la reclamó. Le bastó con la retirada de la denuncia que Beltrán Mirete le había puesto. El letrado desapareció en cuanto la policía investigó su relación con Adriana Ortuño. Por otro lado, Rafael Quintero, en un acto solidario, compensó al detective con una generosa remuneración por haber resuelto el crimen de su hija.

La usura le había arruinado la vida.

La pérdida de los dos hijos en tan poco tiempo provocó el divorcio fortuito. Quintero llegó a un acuerdo económico con su esposa, la cual se mostró abierta a declarar en contra del asesino de su hija. Esa fue la última vez que el detective supo de la familia y pensó que no los echaría de menos.

Días después de la detención, el detective esperaba frente a la Puerta de Alcalá, junto a la entrada del Retiro, con el Barbour reluciente por el servicio de tintorería y una gorra de *tweed* que se había comprado para calentarse la cabeza.

El teléfono vibró y examinó la llamada.

Era Cecilia. Sospechó que se habría enterado por las noticias.

No tenía ganas de hablar con ella, ni en ese momento, ni en el futuro. Canceló la llamada y bloqueó el número sin reparo. Cuando comprobó la hora en el recién reparado reloj de pulsera, se alegró de que estuviera alineado con el teléfono y entendió que debía ponerse en movimiento. Por fin se había decidido a llevarlo a un relojero que solucionara el problema del mecanismo. Una restauración de artesano que al fin pudo permitirse.

Llegada la hora de su encuentro, se adentró en los jardines hasta que divisó el enorme estanque y la imperiosa estatua ecuestre de Alfonso XII a lo lejos. Por su paso se encontró con parejas de enamorados, paseadores de perros, turistas curiosos, corredores cansados, músicos hipnotizados y transeúntes solitarios como él que vagaban por los largos caminos asfaltados del parque. Los árboles estaban desnudos y las aguas del estanque se mostraban tranquilas. En unos meses, pensó, se llenarían de parejas remando y tomando fotos para eclipsar el momento.

Una presencia lo alertó por el hombro derecho.

—¿Damos un paseo? —preguntó Berlanga, aproximándose a él.

Los dos hombres caminaron hacia el Palacio de Cristal en silencio. Maldonado no había vuelto a reencontrarse con su amigo desde el desafortunado episodio en el domicilio de los Quintero. No sabía cómo iniciar la conversación. Tenían tanto sobre lo que hablar, que no encontraba las palabras adecuadas para agradecerle lo que había hecho por él. Sin su ayuda, no lo habría conseguido.

Se detuvieron frente al palacio, rodeados de jóvenes que se fotografiaban como modelos en el interior del recinto.

—Te queda bien la gorra —comentó el inspector—. Casi no te reconozco con ella.

—Llevaba tiempo detrás de una… Siempre me gustó tu estilo.

—No seas estúpido.

—Verás, Miguel…

Berlanga carraspeó.

—Guárdate las disculpas, Javier —dijo, con voz amigable—. Ahora ya estamos en paz.

—Siempre lo estuvimos. Nunca te reproché nada…

—Lo sé, pero yo te metí en esto, sin conocer el problema que había detrás. Lamento que hayas tenido que comértelo tú solo.

—Fue decisión mía —aclaró—. Pude desentenderme desde el principio, pero la muerte de esa chica lo cambió todo.

¿Cómo lo supiste?

—¿El qué?

—Que habían sido ellos.

Berlanga lo miró y después dirigió los ojos al bolsillo.

—¿Me invitas a uno de esos cigarrillos? —preguntó. Maldonado asintió, le ofreció uno y sacó otro para él. Los prendieron y exhalaron el humo—. No lo supe hasta que fuimos a su casa. Tenías razón y no quise escucharte. La detención de ese guardia jurado me llevó a la empresa para la que trabajaba Montenegro… Después recordé lo que dijiste sobre el abogado y seguí el rastro.

—Pero no se lo dijiste a Ledrado.

—*Somos una especie que desaparece*, Javier…

—*Hasta nuestras diferencias se parecen…*

Los dos rieron, recordando los versos de aquella canción que habían escuchado tantas veces cuando hacían guardia.

—Para eso están los amigos, ¿no? No me dejaste opción. Si no lo hacía, el detenido serías tú y no ese chaval. Ledrado te tenía en el punto de mira y tú no disponías de los recursos para apañártelas sin ayuda. Compréndelo.

—Nunca los tuve, si no hubiese sido por ti y por los demás —aceptó—. Tarde, he comprendido que no fui más que la cara visible de un equipo competente. Lamento no haberlo reconocido a tiempo.

—Al diablo con eso ahora… Estamos bien, es lo que importa, ¿no? Tienes buen aspecto. Me alegra que hayas lidiado con tus historias.

—Supongo que sí.

—¿Qué harás ahora, Javier?

Él lo miró de reojo.

—Cada mochuelo a su olivo —respondió—. Ledrado

disfrutará de las mieles del éxito, tú serás padre y yo seguiré buscando la manera de pagar las facturas. La vida continúa.

Terminaron el cigarrillo y dieron media vuelta para regresar a la salida.

—¿Y con esa chica? —preguntó Berlanga, pensativo.

—¿Cecilia?

—No, la secretaria.

No entendió la pregunta, aunque sí se olió sus intenciones.

—Tiene talento y llegará lejos si se lo propone. Presiento que sus días están contados en la oficina.

—Yo no estaría tan seguro de esto último… —dijo y rio con complicidad. Maldonado no quiso continuar con el asunto por miedo a escuchar algo que no deseaba. Nunca mezclaba el trabajo con los sentimientos—. Cuídate, me ha alegrado verte.

—Entiendo que es un adiós.

—No te pongas ahora sentimental —comentó y lo agarró del hombro—. Dejémoslo como un hasta pronto. Detesto las despedidas.

Los dos amigos se dieron un último abrazo antes de que sus caminos tomaran sentidos opuestos.

46

A la mañana siguiente, el detective llegó con dos cafés de Starbucks, uno largo para él y otro con leche para su empleada. Estaba de buen humor. Tras poner en orden su situación económica y personal, además de solventar los pagos pendientes que tenía y limpiar el destrozo que habían causado los esbirros de Montenegro, logró dormir con una tranquilidad que hacía meses que no sentía.

Cuando abrió la puerta, vio a Marla en su escritorio, un día más, concentrada en la pantalla del ordenador. Los ojos de la secretaria lo estudiaron con detenimiento.

—Tienes el periódico en la mesa, para que luego no te quejes —comentó con voz lineal.

Maldonado le entregó el café.

—Te vendrá bien para entrar en calor.

—¿El detective Maldonado comprándome un café de cuatro euros? Tengo que estar soñando.

—La verdad es que sí —dijo, sonriente, y sacó un sobre abultado del interior de su abrigo—. Aquí tienes tu almuerzo.

Marla abrió el sobre y sus mejillas enrojecieron.

—Esto es mucho dinero, Javier...

—Tómalo como una compensación por todas las horas

anteriores —respondió—. Quiero ofrecerte un contrato, Marla, uno de verdad. Quiero que seamos un equipo.

La noticia explotó como una pompa de jabón en el rostro de la secretaria.

—Si es una broma, no tiene ninguna gracia.

—No lo es. Sin ti, el caso de Andrea Quintero me habría arruinado la existencia.

Un torrente de emociones agitó a la secretaria en cuanto entendió que su jefe hablaba en serio.

—No sé qué decir... —respondió, aguantando el sofoco de la sorpresa.

—Disfruta de la noticia.

Sin esperarlo, la chica se levantó y lo abrazó emocionada. Maldonado se quedó paralizado, embriagado por el agradable aroma de la empleada.

—Gracias, de verdad...

Él se deshizo de sus brazos con cuidado.

—Creo que ha quedado claro —respondió y caminó hacia su despacho.

Recuperado del sonrojo, se acomodó en la silla, agarró el diario y puso los pies sobre el escritorio. Por fin un poco de merecida calma, se dijo.

Hojeó el periódico regresando a la rutina, alegrándose por el 2-1 de su *Atleti* contra el Barcelona y echando de menos los titulares que Romero no volvería a redactar.

La vida, con paso tímido, buscaba su cauce.

El teléfono sonó y Marla le avisó de la llamada.

Auguró que sería alguien de la prensa.

—¿Sí?

—¿Es usted Javier Maldonado? —preguntó una voz desconocida.

—Me suelen llamar por el apellido.
—Necesito que me ayude a encontrar a alguien.

Sobre el autor

Pablo Poveda (España, 1989) es escritor, profesor y periodista. Autor de otras obras como la serie Caballero, Rojo o Don. Ha vivido en Polonia durante cuatro años y ahora reside en Madrid, donde escribe todas las mañanas. Cree en la cultura sin ataduras y en la simplicidad de las cosas.

Autor finalista del Premio Literario Amazon 2018 y 2020 con las novelas El Doble y El Misterio de la Familia Fonseca.

Si te ha gustado este libro, te agradecería que dejaras un comentario en Amazon. Las reseñas mantienen vivas las novelas.

Ha escrito otras obras como:

Serie Gabriel Caballero
Caballero
La Isla del Silencio
La Maldición del Cangrejo
La Noche del Fuego
Los Crímenes del Misteri
Medianoche en Lisboa
El Doble
La Idea del Millón
La Dama del Museo

Los Cuatro Sellos
Todos los libros…

Serie Don
Odio
Don
Miedo
Furia
Silencio
Rescate
Invisible
Origen

Serie Dana Laine
Falsa Identidad
Asalto Internacional
Matar o Morir

Serie Rojo
Rojo
Traición
Venganza
Desparecido
Secuestrada

Serie Javier Maldonado (Detective Privado)
Una Mentira Letal

Trilogía El Profesor
El Profesor
El Aprendiz
El Maestro

Otros:
Motel Malibu
Sangre de Pepperoni
La Chica de las canciones
El Círculo
Perseguido
El misterio de la familia Fonseca

Contacto: pablo@elescritorfantasma.com
Elescritorfantasma.com

Printed in Great Britain
by Amazon